目次

ぼくがきみを殺すまで

ぼくがきみを殺すまで

L

ベル・エイドの月は満ちることがない。

と、言われている。

正確には、ベル・エイドを含む一帯の月だ。

満月に見えても輪郭の一部が朧にかすんでいたり、妙な具合に歪んでいたりする。

理由はわからない。

東に広がる岩山と岩山に続く曠野を渡ってくる風のせいだと言う者もいた。風は乾いてときに熱く肌を焼き、ときに凍てて肌に刺さった。

古の言い伝えが残っている。

曠野には紅色の鱗に覆われた大蛇が棲んで、時折月を舐めるのだ。そのため、ベル・

エイドの月は満ちることがない、と。

紅色の蛇の存在を信じる者はさすがにいないけれど、満ちることのない月は、この地にかけられた呪いの証だと真顔で語る老人はまだ、かなりの数いた。

それでも、三つに分けられる季節の二番目の季、ムゥトゥの始まるころ、空気は澄んで星の輝きが鮮やかになり、月は下方を僅かに欠くだけで空に浮かぶ。蒼みを帯びた光が注ぎ、地にあるもの全てを蒼白く見せてしまう。その夜をベル・エイドの人々は、家の内でひっそりと過ごす。繁華街の店々もほとんどが夕暮までには戸を閉め、僅かに窓から漏れる明かりも、夜が更ける前にあらかた消された。

満月に近い月の蒼さを怖れるように、窓を閉ざし、息を潜めて起きている。眠らないのだ。この夜に眠れば短命となると、これも古からの言い伝えが残っていた。紅色の蛇の口碑を嗤う者も、あまりに明るく蒼い月の光には怯えを隠せない。

人々は死を怖れていた。

そういう夜が間近に迫っていた。

「ムゥトゥの夜が始まる前に」

と、哨兵は告げた。

「おまえを処刑する」

続けて、こうも告げた。

「おそらく、明日の朝になるだろう」

それから、屈みこみ鉄格子越しに尋ねてきた。

「何か言い遺したいことがあるか」

Lは顔を上げ、男の顔を見詰めた。

囚われて一週間になるが、哨兵と意志的に目を合わせたのは初めてだ。紅蛇の棲むという曠野の住人を、Lたちはパウラと呼んでいた。

パウラはベル・エイドの古語で『毒蛇』を意味する。

まじまじと見詰めた男は、パウラ独特の漆黒の眸と、白銀の髪、練色の肌をしていた。目が充血して、頬がこけているのは病気なのか、慢性的な栄養不足のせいなのか。

幾つぐらいだろう。

髪を刈り込み、自動小銃を担ぎ、くすんだ緑の布を首に巻き付けた男は十九歳の自分とさほど変わらない気もする。もしかしたら、二つ、三つ年下かもしれない。声音は時折細く掠れて、幼ささえ覗く。

ふっと柔らかな感情が動いた。それが懐かしさだと気付き、少し動揺する。

この眸の色、肌の色が懐かしい。

哨兵がどうする？と重ねて尋ねるように、屈みこんできた。あるいは、どうかしたか？と訝しんだのかもしれない。

　Lは目を合わせたまま問い返した。

「言い残せば、伝えてくれるのか」

「誰に？」

「ぼくの望む相手にだ」

「それは誰だ？　恋人か？　母親か？」

問い掛けばかり重なっていく。Lは口をつぐんだ。

遺言を一言、遺すとしたら誰にだ？

最後の言葉を誰に伝えたい？

自分の内でも問いばかりが増えていく。答えが見つからない。

「まあ、いい」

暫（しばら）く考え、かぶりを振った。

「厚意はありがたいが、言い遺すことはない」

「何もないのか」

「何もない。万が一あったとしても、きみはメッセンジャー・ボーイにはなれないだろう」

「それは無理だな。おれたちがベル・エイドの町に踏み込むのは、おまえたちを皆殺しにするときだけだ」

掠れた、若い声を精一杯低くして哨兵は言い、にやりと笑った。物言いも笑みも下手な役者のようにぎこちない。

皆殺し。殲滅。壊滅。粛清。根絶やし。一掃。

Lの周りでも同様の言辞が溢れていた。L自身も、たまにだが使った。使わねば仲間と会話が成り立たなかったのだ。

「あいつらは毒蛇の末裔だ。だから、きちんと始末しないと禍根を残すことになる」

「そうだ。一匹残らず根絶やしにしてやるさ。それで、やっとこの地に平和が訪れるってわけだ」

「早く戦場に出たいもんだ。毒蛇の頭を潰して皆殺しにすれば、さぞかし胸が空くだろうな」

特別武官養成学校の仲間たちの会話を聞きながら、Lは込み上げてくる違和感を何とか胸奥に押し込み、相槌を打っていた。積極的に同意もしないが、否定も反論もしない。曖昧で姑息な態度で、その場を凌ぐ。それが、Lの日常になっていた。曠野の民を蛇呼ばわりして嗤う仲間たちに覚える、肌が粟立つような違和感や微かな嫌悪を、悟られてはならない。

Sのことを思い出す。

Lと同い年の、小柄な少年だった。

ある日、昼飯を済ませ、食堂から教室に移動しているときだった。仲間たちの罵り言葉を遮って、Sは尋ねた。

「なあみんな、本当にそんなにハラが嫌いなのか」

Sは、曠野の民をパウラではなくハラと呼んだ。昔ながらの呼び方だ。昔……とはいっても、ほんの数年前まで誰もがパウラという蔑称ではなく、『細工師』という意の呼び名を使っていた。ハラは曠野に接する岩山から艶黒石を切り出し、それを加工する技術に長けていた。織物、刺繍、さらには絵画や彫刻にも優れていたのだ。だからハラという呼称には蔑視どころか、むしろ、卓越した技能者への畏敬の念が刻まれている。ベル・エイドにはハラから見事な細工物や工芸品が輸入され、ハラへは豊かな農作物や工業製品が出ていった。

二つの地域に境界線はなく、人々は、誰であっても自由な行き来が保証されていた。

ほんの数年前までは。

「おまえは嫌っていないのか。あいつらが憎くないのか」

Tがさっきまでより低く、しわがれた声を出す。仲間内でも図抜けた体軀の持ち主だった。腕力もあり、兵士にはうってつけの人材だと、教官たちの覚えがめでたい。

Sは肩を竦め、ふるふると頭を横に振った。

「ぼくは十歳まで地元の学校に通っていたけど、ハラの子どもたちも同じ教室で学んでいたぜ。宿舎があって、そこで生活している者もいた。けっこう仲良くて、しょっちゅう一緒に遊んでたんだ。みんなだってそうだったろう」

Sが同意を求めるように、視線を巡らせる。

思わず首肯しそうになった。

そうだ、まさにそうだ。

Lが通っていた学校にも寄宿舎があって、ハラの子どもたちが暮らしていた。曠野は遠く、子どもの通える距離ではなかったのだ。

Sの言う通りだ。しょっちゅう一緒に遊んでいた。銀色の髪をしたハラと赤毛で褐色の眸、薄茶色の肌をしたベル・エイドとが、学校の内で区別されることも差別されることもなかった。

髪や眸、肌の色を除けば、他に変わるところは何もない。同じ人間、同じ生き物だった。だから当然と言えば当然だ。

Lはそこで友人を得た。友人の範疇を超えるかけがえのない相手に出会ったのだ。

彼もハラだった。手先が驚くほど器用で、身が軽く、天生の絵師だった。一緒にいれば時間の経つのを忘れてしまう。それほど楽しかった。

思い出す。いや、忘れてなどいなかった。記憶を無理やり封じ込めていただけだ。

「おまえはパウラと仲が良かったって、そう言うのか」

Tが眉間に皺を寄せる。そうすると、もう完全に大人の男の面構えになった。

「友だちは何人もいたよ。みんなだって、そうなんじゃ——」

Sは最後まで言い切ることができなかった。Tのこぶしが顔面にめり込んだのだ。Tより一回り小さなSの身体が地面に叩きつけられ、そのまま転がる。ぐしゃりと骨の砕ける音がした。

「パウラは敵だぞ。殺すべき相手なんだ。それを友だちだと」

ふざけるなと怒鳴り、Tは顔を押さえて動かないSの脇腹を蹴り上げた。くぐもった声を上げてSがまた転がる。顔半分が血塗れになっていた。

「どこまで気分が緩んでるんだ。それでも武官候補生か。恥を知れ」

Tが踏ん張る。また、蹴りを見舞うつもりなのだ。

「やめろっ」

Lは後ろからTに飛び付き、必死に押さえこんだ。

「放せ、この軟弱野郎の目を覚まさせてやる」

「馬鹿、いい加減にしろ。仲間を殺す気か」

「こんなやつ、戦場に出ても役に立つわけがない。殺したって構わないだろうが」

「ここは戦場じゃない、学校だ。校内で傷害事件を起こしてみろ。軍事警察に突き出されるぞ。そこまで覚悟ができているのか」

Tの動きが止まる。荒い息の音が耳朶に触れる。Lの手を振り払い、Tは地面に唾を吐き捨てた。それから大股でその場を去っていった。

足元ではSが両手で顔を覆い、呻いている。指の間から血の筋が流れ、手の甲を染めていた。

「S、大丈夫か」

背中に手をかけ、抱き起こす。白い物が二つ、地に落ちた。

折れた歯だ。

背筋がぞわりと寒くなる。

「医務室に連れていこう」

KがSの背に手を添える。他に仲間はいなかった。みんな、Tの後に従ったらしい。

二人してSを医務室に運んだ。Sの鼻はひしゃげ、血の塊が鼻孔の一つから垂れ下がっていた。顔が腫れ上がって、両眼がほとんど塞がっている。

「こんな怪我、ここで治療できるか」

初老の養護教諭がいまいましげに呟く。

「まったく、こんな無茶な喧嘩などしおって。こいつも相手のやつも退学もんだ」

舌を鳴らしながら、電話で救急車の要請をした。

Sは病院に送られ、そのまま帰ってこなかった。

自ら退学を願い出たのか、学校側が強制的に辞めさせたのか、Lには推察できない。Tはなんの咎めを受けた風でもなく、いつも通りに振る舞っていた。Lは矛盾も違和感も微かな怒りも覚えはしたけれど、あえて口にはしなかった。

素直に思いを吐露してもろくなことにはならない。それは、Sの件でも明白ではないか。自分の心に正直に、ハラをかばったSは顔を潰され、何処かに去った。潰したTは、変わらぬままだ。素直であることも正直であることも、さらには誠実であることも、ここでは必要ない。邪魔になるだけだ。

そう割り切らねば、生きていけない。

Lは割り切るように努めた。

口を閉ざし、心に沿わなくても、適わなくても曖昧に頷いて、あるいは無言のままやりすごす術を身に付けようとした。

ある程度はうまくいった。

いつの間にか、Lは〝卵と蜂蜜の抜けたトトみたいなやつ〟と言われるようになっていたのだ。トトは小麦粉に卵と蜂蜜を練り込んで焼く素朴なパン菓子で、ベル・エイドの一般家庭では間食用に、よく作られる。卵と蜂蜜を入れなければ、風味はほとんどなくなる。つまりLは学校の仲間たちから、味気のない、おもしろみのない男と揶揄されていたわけだ。

おかげで、彼らとある程度の距離を置くことができた。疎外されるほどではないが、親しく近寄ってくる者もほとんどいない。

Lにとってそういう状況は好都合で、そういう立場は居心地がよかった。Lが嫌悪感と違和感を押し殺し横を向いていても、会話が聞こえぬ振りをしていても、いいかげんな受け答えしかしなくても、誰も気にかけようとはしない。

薄く薄く、できるだけ薄く。自分を透かしてしまう。

それが、ここで生きていくコツだ。

けれど、Sの声だけは暫くの間、耳に残って消えなかった。

――けっこう仲良くて、しょっちゅう一緒に遊んでた。

――友だちは何人もいたよ。

そして、救急車に運び込まれる直前、歯の折れた口から零れた、不鮮明な呻き。

――こんなの……まちがってる。

――むちゃくちゃだ……L、もう……むちゃくちゃだ。

あの時、Lと呼ばれたのに、返事ができなかった。ここでも、黙り込んでしまった。

握っていたSの手が離れる。熱が出ているのだろう、驚くほど熱い指だった。こびりついた血はもう、赤黒く変色して異臭を放ち始めていた。人の血がこんなにも臭いものだと、初めて知った。

「行っちまったな」

校門を出ていく救急車を見送って、Kが独り言のように呟いた。「ああ。行っちまったな」と、答える。

Sはもう戻ってこない。

なぜか、そんな予感がした。そして、その予感は的中した。

Sを見送って一時間後、LとKは教官室に呼ばれ、クラスの担当教官から、一連の騒動の経緯を説明するよう命じられた。既に、Tや仲間たちからの聴き取りは済ましたとも告げられた。

「Sがパウラをハラと呼んだのです。昔一緒に遊んだと懐かしがりました。そしたら、いきなりTが殴りかかったのです。それから、Sを蹴り上げました。Lが止めて、何とかその場は収まりました。それでわたしとLとで、Sを医務室に運んだのです」

Kが淡々と説明する。クラスでも一、二を争う秀才だった。彼が研究者ではなく、なぜ武官の道を選んだのか、Lは度々、首を傾(かし)げた。一度だけ、遠回しに尋ねたことがある。Kは肩を竦め、面長の顔に笑みを浮かべただけだった。その笑みの意味をLが理解したのは、ずっと後のことだ。

Kの話を聞き終え、教官は縁なしの眼鏡を押し上げた。他の教官のように威圧的な態度をとらない、どちらかと言えば静の印象が強い担当教官をLは好ましく感じていた。

「今のKの説明について、どう思うかね、L」

「その通りだと思います」

「補足することは？」

「ありません」

教官はそこでもう一度、眼鏡を押し上げた。

「Tの暴行でSは大怪我をした。これは、間違いないか」

「はい」

「違うだろう」

「え？」

「今、わたしが口にしたことは間違っている。訂正しなければならない。そうだろう？」

そうだろう？とは、どういう意味だ。

戸惑いに心臓の鼓動が大きくなる。

どういう意味ですかとは問えない。教官の問いに問いで返すことは禁じられていた。

むろん、反論も。

「暴行ではありません」

Kが答えた。教官の黒目が眼鏡の奥で、僅かに動く。

「Tの行動は暴行とは言えないと思います」

「わたしはLに質問したのだよ、K」

「あ、失礼致しました」

Kが頭を下げる。教官の面に微苦笑が浮かんだ。柔らかさを含んだ笑みだ。成績優秀で身体能力にも優れているKは、教官のお気に入りであったのだ。

「そう、Tの行動を一概に暴行とは断定できない。やや、行き過ぎたきらいはあるが」

「……はい」

あれは一方的な暴行だ。Tは突然にSを殴りつけた。無抵抗のSを蹴り上げた。暴行というより他はない。

「確かに、仲間を殴りつけた行為は褒められるものではない。しかし、義憤を感じての行いであるなら納得できる面もある」

義憤？　まさか。

Sを痛めつけていたTの顔つきを思い出す。

凶暴な獣を連想させた。いや、獣より性質が悪い。TはSを蹴りつけた直後、薄く笑っていたのだ。薄笑いの横顔をLは確かに見た。

無抵抗の者をいたぶる快感に、圧倒的な力を相手に及ぼす快感に酔いしれた顔であり、眼の色だった。獣には決して持ちえない感情だ。

Sが殺される。

TはSを殺そうとしている。

気がつけばTに飛び付いて、羽交締めにしていた。

昂ったTの熱っぽい身体と荒い息遣いは、まだ生々しく覚えている。

あれが義憤による行動?

正義・人道を損なう者への憤り?

ちがう、ちがう、そんなもんじゃない。ただの凶暴な、残忍な、非情な暴力の発露だ。

もしかしたら、TはSをストレスのはけ口にしたのかもしれない。

特別武官養成学校では、十二歳から十六歳までの少年たちが学んでいる。武官、軍人となるために修練を積むのだ。十四歳になると、特別コースが設けられ、学校側の指示により、少年たちはそれぞれのコースに進む。あくまで学校側による選別であり、少年たちの希望や意思は一切、考慮されない。

コースは、1・指導者及び戦略家の養成、2・軍事技術者、3・上級兵士の三つに分けられ、約九割の生徒が3に振り分けられる。1や2、特に1のコースは軍の最上級幹部への登竜門とされていて、生徒たちの憧れでもあった。

コース選別の日が間近に迫っていた。

自分がどのコースに選ばれるのか。校内の空気は徐々に、しかし、確実に張り詰めていた。Tだけでなく大半の生徒が少なからぬストレスを抱えているはずだ。

だからといって、仲間を殴っていいはずがない。それを許せば、校内は無法地帯になってしまう。Tが苛立ちや不安をSにぶつけたのだとしたら、義憤からはかけ離れている。単に相手を痛めつける快感を味わっていただけなら、もっと隔たっている。教官はまるで異なる物を同一だと断言している。異なると理解しながら同じだと言い切ったのだ。

怒りを、義憤などという大仰なものでなく、胸奥から躊躇いがちに這い上がってくるささやかな怒りを感じた。

「Sはパウラに対して著しく闘争心を欠いていた。敵を擁護しようとしたのだ。これは、許されざる罪だ。Tはそれに対し義憤を感じ、個人的に制裁を加えた」

私刑だ。

TはSに弁明の余地を与えなかった。Sと論議するより、地に打ち倒す方法を選んだ。

「……個人的な制裁は、校則で禁止されています」

腹に力を込めて、言い返す。教官は席を立ち、窓辺に立った。壁の半分を占める窓からは、青く澄んだ空と、遥か遠く山々の稜線を望めた。急峻な峰の連なりは、空を衝き林立する槍にも喩えられた。

「そうだ、禁止されている。Tは校則に違反したわけだ。しかし、この場合Sにも、いや、むしろSの側により大きな問題と責任があったとわたしは判断している」

　LとKに背を向けたまま、教官は続けた。抑揚のない口調だ。

「パウラを擁護するなど万死に値する。わたしの担当クラスに、そういう不届きな輩がいたとは……残念だ。指導教官である、わたしの責任だろう。反省する。ただ、ある意味、早目に芽を摘めてよかったのかもしれない。Sに感化される生徒が出てこないとも限らないからな。そういう危険を未然に防げたわけだ」

　風が出てきたのか、窓に茶褐色のすがれ葉が一枚、ぶつかって、すぐにどこかへさらわれていった。

　教官はゆっくりと身体の向きをかえ、Lを見詰める。

「そうは思わないか、L」

「……はい」

　一瞬だが、背筋に悪寒が走った。

　試されている。

　仲間に向けてのように曖昧に誤魔化すことはできない。

　Lは口中の唾を飲み込んだ。

「その通りだと思います、教官。ただ……」

「ただ？」

「やはり、Tの行動は度が過ぎていたようにも思います」

Kが身じろぎする。

窓の向こうでは風が鳴っているだろう。しかし、二重の特殊ガラスは外からの音をほぼ完全に、遮断する。

室内は静かだった。

「やり過ぎたと、きみは思うわけだ」

「はい。義憤に駆られて殴ったのはわかりますが、Sが地面に倒れた後、蹴り上げたのはやはり、やり過ぎです。Sはほとんど抵抗できない状態でした。そこにさらに攻撃を加える必要はなかったはずです。Tはもう少し理性的に振る舞うべきでした」

最後の一言は余計だったかな。

余計だった。もう、取り消せない。

今度は胸の中が冷たくなる。腋（わき）に汗が滲（にじ）んだ。

「理性的に、か」

教官が歩き出す。

ゆっくりと歩く。

静かな室内に軍靴（ぐんか）の音が響く。

カツッ、カツッ、カツッ、カツッ、カツッ、カツッ。

耳で音を拾いながら、Lは何度も唾を飲み込んだ。口の中が乾いて、舌が下顎（したあご）にくっついてしまう。

カツッ、カツッ、カツッ、カツッ、カツッ、カツッ。

「死んでいたかもしれません」

不意にＫが言った。

足音が止まる。

前を向いたまま、Ｋは息を吐き出した。

「Ｌが止めなければ、Ｓは死んでいたかもしれません。Ｔの蹴りは強烈です。それを二度も受ければ、内臓の一部が破裂、甚だしい損傷を受けた可能性はあります。Ｓの発言は、我が校の生徒としても、ベル・エイドの民としても確かに軽率の誹りは免れないし、許し難いものでもあります。しかし、だからといって、殺してもいいというわけではありません。どのような理由があろうと、校内で殺人を犯せば、Ｔは犯罪者となります。Ｌが理性的にと言ったのも、頷けるのではないでしょうか」

「ふむ……」

教官は踵を返し、ＬとＫの前に立った。

「Ｌ」

「はい」

「きみはＳと親しかったのか」

「いえ、それほどではありません」

「Tは厳罰に処せられるべきだと思うか」

「……いえ。義憤ゆえの行動なら、酌量の余地があると思います」

「彼は反省していたよ。やり過ぎたと後悔していた。そして、自ら全教官室の清掃を買って出た」

「はい」

人一人、半死半生の目に遭わせて、罰掃除程度で済むわけか？

「彼の適切な処罰については、わたしが考える」

教官が告げる。

LとKの声が重なった。

「はい」

「けっこう。ではこの件については、今後一切、何も口外しないように。わかったね」

「はい」

教官室を出る。

ドアを閉めたとたん、ほっと息が漏れた。汗が脇腹を伝う。

「まだ、気を抜くな」

Kがほんの僅か、眉間に皺を寄せた。

廊下を並んで歩く。

「ありがとう」

廊下の端にある階段を降り切ったところで、Kに謝意を伝えた。

「うん？　何の礼だ？」

「かばってくれた」

「おれが？　そんなつもりはなかったが」

「Tのことを理性が足らないように言ってしまった。きみが、うまくかばってくれなければ、教官から叱咤(しった)されていたかもしれない」

「そして、異色分子として目を付けられていたかもな」

Kがにやりと笑った。その笑いをすぐに引っ込め、真顔になり、「実は少し驚いたんだ」と言った。それから、Lの前に手のひらを、まっすぐに突き出した。

「まずは、きみがTを止めたこと」

指が一本、折りこまれる。

「あの状況なら、誰だって止めるだろう」

「そうか？　周りには、おれも含めてかなりの数がいた。でも、実際に止めに入ったのはきみだけだった」

「それは、とっさに……」

「おれは、とっさに動けなかった」

Kが小さく息を吐いた。

「正直、Tの凶暴さが怖かった。彼は昔から感情が昂ると、見境なく暴力を振るう癖があったんだ」

「ああ、きみはTを昔から知ってたんだ」

「知っていた。初等教育学校で一緒だったんだ。同じ地区に住んでいたから、幼いころからの顔馴染みさ。ただ、ここに入学してからは、さほど親しくはしていない。彼がやけに自分の腕っぷしを鼻に掛けるようになったから、少し、距離を置いていた」

「そうか……」

Kは肩を竦め、二本目の指を折り曲げた。

「驚いたことその二は、きみがTの理性を疑ったこと。彼は一般教科の成績もそこそこ優秀だったろう」

「成績の優劣と理性や知性は関係ない」

Kの目が見開かれる。Lよりやや黒みの勝った眸が、真っ直ぐにLに向けられた。

「確かにな。でも、たいていのやつはごっちゃにしてしまうんだ。きみはごっちゃにしなかった。この学校で、おれが知っている限りでは二人目だな」

教官室の棟から外に出る。風が吹きつけてきた。空を見上げると、雲が走っている。

薄鼠色の斑雲はぶつかり合い、くっつき合って、巨大な塊になろうとしていた。さっきまで広がっていた青空は、その塊に半ば覆われている。

ベル・エイドでは天候の急変は、そう珍しいことではなかった。

「一人目は誰だ」

「誰だと思う？」

「……Sか」

「ご名答。その通りだ。なあL、Sはひどく怯えていたんだ」

「怯えていた？」

「彼は将来、音楽の教師になりたいと言っていた」

脈絡なく話が飛ぶ。Kがこんな話し方をするとは思わなかった。微かな戸惑いとともに、Kの横顔を見やる。

「子どもたちに音楽を教える。それが将来の夢、だったそうだ。しかし、今のベル・エイドでは音楽教師の道はほぼ閉ざされている。だろ？」

「だな」

音楽だけでなく、造形、表現、言語の各芸術分野の官学は、ハラとの戦いが勃発する前から、段階的に閉鎖され、今は一校も残っていない。私学のほとんども新たな生徒募集を中止していた。芸術分野、特に造形と表現に関してはハラに優れた者が多く、学校によっては学生の半数が曠野の民であったりもした。

芸術系の学校を閉じることで、ベル・エイドはハラの学生を学びの場から締め出したのだ。

「それで、この学校に入学したわけか」

「ここは、学校側に優秀と認められれば学費は免除される。Sの家はそう裕福じゃないからな」

「うん」

頷く。この特別武官養成学校を卒業すれば、軍に確実に就職できる。卒業後義務化された二年間の軍務を果たせば、一般企業も優先的に雇い入れる。そんなシステムができあがっていた。さほど裕福ではない家庭の少年たちにとって、将来を保証される道は貴重だ。Lの場合はもっと複雑な事情があっての入学だったが。

「怯えていたというのは？」

話を戻すつもりで、問うた。

Kは唇を結び、暫く黙り込む。

太陽の光が一筋、雲を貫いて降りてきたけれど、すぐに消えた。空の青はもう、山際に一部、楕円形を描いて残るのみだ。

「ここに来て、周りがどんどん理性も知性も失っていくと、怖がっていた。Sは歌が上手かったし、楽器も巧みだった。知ってたか」

「いや」

知らなかった。

教育課程の中には、音楽も美術も存在しない。Sの歌声も演奏も聴いたことなどなかった。

「たまに歌を口遊むと、周りから睨まれたり叱責されたりすると嘆いていた。入学当時は聴き惚れていた仲間たちが、だ」

また、束の間沈黙し、Kはため息を吐いた。

「Tもそうだ。あいつ、本当は小心で気弱なところも、優しい面もあるんだぜ。かっとなり易い性質だけど、他人を殴って喜ぶほど残虐じゃなかった」

KはTを〝彼〟ではなく〝あいつ〟と呼んだ。おそらく、野や川で日が暮れるのも忘れて、遊び興じた経験があるのだろう。ただ、ひたすら愉快に、愉快に過ぎた時間を共有していた。

自分とあいつがそうだったように。

「正直、おれの知っているTと今のTは別人だ。まるっきりというわけじゃないけど……、かなりずれてる。ここでは、徐々に人が変容する。地の姿が強化されるのか、新しく作り変えられるのか、わからないが。Sはそれを怖がり、怯えていたんだ。おれはな、L、Sは試したんじゃないかと思ってる」

「試す？」

「うん、不用意にハラとの思い出を語ったんじゃなくて、わざと口にしたんじゃないかな。つまり、確信犯だった」

まさか、とかぶりを振りそうになった。しかし、すぐに思い直す。

そうだな、そうかもしれない。

「仲間たちがどんな反応をするか、試してみたんだ。結果が……あれだ。まさか、突然殴りつけられるとは、Sも考えてなかったんだろうけど」

「Sはどうなるだろうか」

「さあ……」

視線を空に向け、Kは「もう一つ、あった」と笑んだ。

「三つ目の驚きだ。きみが、教官に面と向かってTの非を主張したこと。学校側がこの件を、Tのやったことを不問のまま揉み消すつもりだと、わかっていたんだろう？」

「主張なんかできなかったさ。ほんの少し、異議申し立ての真似事をしただけだ。それが、やっとだった」

あれが限界だ。あれ以上は逆らえなかった。抗う勇気はなかった。

Kは笑んだまま、Lに告げた。

「きみを人付き合いの悪い変人だと言う者がいる。しかし、間違いなんだな」

「人付き合いは上手くないが変人じゃないつもりだ。ただ、おもしろみはないかもしれないな」

「十分、おもしろい。それに勇敢だ」

「かいかぶりだ。おれは周りに合わせて、周りと同じように振る舞うことに汲々としている。教官にもＴのようなやつにも目を付けられたくない」

「同じさ。みんな同じだ。ここでは色合いが違えば生きていけない。Ｓがいい見本だ。ああなりたくなければ……」

そこで口をつぐみ、Ｋは、

「気を付けろよ」

と低く呟いた。

「お互い、何とか無事に卒業しないとな」

ＫはＬの肩を軽く叩くと、その手をひらりと振った。

「じゃあな」

風とＬに背を向けて、去っていく。

軍服に似せた枯草色の制服が遠ざかる。

Ｌはその後ろ姿を視界から消えるまで見送っていた。

「どうした、黙りこくって」

哨兵が覗き込んでくる。

「処刑が怖いか」

「いや、思い出そうとしてるんだ」

「何を」

「おれの人生」

Lは身を乗り出し、哨兵とまともに目を合わせた。

「きみの名前は？」

「は？　名前？」

「あるんだろう、ちゃんと」

「そりゃああるさ。名前のないやつなんて、そうそういない。たいていの人間には名前があるもんだ」

「だったら、教えてくれ」

さらに身を乗り出す。鉄格子を摑（つか）む。思いがけないほど冷たい。夜気に冷えきっていたのだ。

ムゥトゥは、次に来る凍えの季節インティラの先駆けでもあった。美しい夜の後に、凍てつく日々が始まる。鉄格子の冷たさが、告げていた。

岩肌をくり抜いて造られた牢の壁には、床に近い場所に野を駆ける狐と飛び立つ鳥の群れが刻まれていた。急いだのだろう、粗い線ではあったが、獲物を見つけ一気に走り出した狐と逃げ散る鳥たちの動きが確かに伝わってきた。羽ばたきの音さえ聞こえるようだ。

それを見つけたとき、Lは一瞬、心が痺(しび)れた。線は鑿(のみ)によるものだったから、この牢を拵(こしら)えたとき、ハラの誰かがそっと彫り付けたものだろう。

その誰かは何を思っていたのか。

牢だ。ここに入れられる者が敵方の兵士だと、十分にわかっていたはずだ。わかった上で狐と鳥を彫った。

暗喩(あんゆ)だろうか。狐を自分たちに、鳥を敵に見立てているのか。まさか、ここで処刑を待つ敵兵を慰めるためではあるまいし……。

暫く眺め、Lは、おそらくと思い至った。

おそらく、彫りたかったのだ。彫りたくて我慢できなかったのだ。

岩壁は黒く光沢に富んでいた。ハラの誰かは、美しい岩肌に自分の作品を刻む誘惑に抗えなかったのではないか。敵とか味方とか、そんなことはどうでもいいと思ってしまった。

彫りたい。

衝き上げてくる欲望。

ただ、それだけだった。

ハラの誰か、本来は兵士ではなく芸術家であるはずだった誰かが、ここに鑿を握って座っていたのだ。

誰だろう。

彼じゃないだろうか。

ふっと思う。

奇跡の指を持つ彼。

「なぜ、おれの名前なんか知りたがる」

哨兵は銀色の短髪を指でかき上げた。

「その方が話し易い」

「おれと、おしゃべりをする気か」

「きみは、一晩中、ここで見張りをするんだろう」

「そうだ」

哨兵が唾を飲み込む。練色の喉が上下に動いた。

「自分が処刑する相手の見張りをする。処刑の極めて近い一夜にな。軍の決まりだ」

「なぜそんな決まりがあるんだろうな」

「そりゃあ……」

返答に詰まり、哨兵の口元がもごもごと動く。「黙れ！　捕虜のくせにうるさい」と一喝すれば会話は終わる。手にしている自動小銃の銃口を向ければ、さらに速やかに仕舞いになる。

若い哨兵はどちらも選ばなかった。

しゃがみこみ、鉄格子に身体をもたせかけてきた。無防備な格好だ。もしLがナイフを持っていれば、喉を掻き切る絶好の機会になっていた。

戦いに慣れていないのだ。

哨兵が自分よりずっと若いことをLは確信した。

十六か十五か、もっと年下なのか。

こんな少年を駆り出さなければ戦力を補えないほど、ハラは追い詰められているのだろうか。が、だとしても、それはベル・エイドも似たような状況だった。

前線に、十代の若者が次々に投入されるようになって久しい。Lのような特別武官養成学校の学生の大部分は早くから最前線に送られていたが、今は一般人が多数をしめる。中には十歳に満たない少年もいて、Lは度々、背筋の凍る思いに襲われた。

とんでもなく間違っている。

この戦が終結したとき、ベル・エイドには、そしておそらくハラにも、戦の後の世界を築く力が、若い力がほとんど残っていない。そんな現実が立ち現れる。

まさに亡国だ。

Lは、一時、若い兵士たちの指導を命じられていた。

まだあどけなさをあちこちに留めた少年たちが、銃を手に真剣な眼差し(まなざ)しを向けてくる。

その度に、背筋は凍った。

凍った後に、脱力する。

身体ではなく心が萎(な)えていくのだ。

戦いの後の世界。そんなものが、自分に何の関わりがある。

まるでない。

自分だって、目の前の少年兵たちと十も違わぬ年齢だ。ただ、戦場で生き延びてきたことだけが差異ではないか。

ここまで生き延びてはきたけれど、ここから生き延びられるかどうかはわからない。

生き延びられない可能性の方がよほど高い。

未来を憂えるなど馬鹿げている。意味がない。

心が萎えて、思考が止まる。

戦場で思い悩むことは百害に匹敵する。

Lは表情を消し、感情を抑え込んで任にあたった。

そして、今、鉄格子の内に入っている。

目の前にうずくまる哨兵は、Lが戦場に送り出した多くの少年を連想させた。

明日、この男が自分に向けて銃を構えたとき、その背後に見るのは曠野の風景ではなく、自分が兵士に仕立て上げ、兵士として死んだ少年たちの姿かもしれない。

「……おれは嫌なんだ」

哨兵が呟いた。

「おれが殺す相手と一晩、付き合わなくちゃならないなんて、本当は嫌でたまらないんだ」

語尾が微かに震えるのを気取られたくないのか、唇を噛み締める。

「ああ」

と相槌を打った。打った後、考える。

自分ならどうだろうと。

嫌だと感じるだろうか。

明日殺す相手と一晩、過ごす。

そのことに嫌悪や恐怖を抱くだろうか。しゃがみこんで何らかの感情を吐露できるだろうか。

人は容易く死に慣れてしまう。

殺すことに、周りが殺されていくことに慣れてしまう。

一時間前に生きていた者の骸にも、少年たちの死に顔にも、大量の血や焦げた肉の臭いにも、断末魔の絶叫にも苦痛の呻きにも慣れてしまう。

慣れて、鈍磨して、麻痺していく。

「嫌でたまらない……。だって、そうだろ？　まるで知らなきゃ相手を木偶か肉の塊とでも思えるじゃないか。無理をしてでも、そう思っちまえばいいんだ。肉屋の倉庫にぶら下がっている肉なら、何発銃弾を撃ち込んだって、別に」

一瞬、言葉を詰まらせた後、哨兵は続けた。

「気持ち悪くない。けど、人間だと思ったら……気持ち悪いんだ。今でも反吐が出そうになってる。おまえを射殺した後、そこらじゅうを反吐だらけにしそうだ。上官からは、こっぴどく怒鳴られるだろうな」

「もしかして、きみは初めてなのか。その……人を撃つのは」

「敵に向かって発砲したことは何度もある。けど、目の前の人間を撃ったことは、ない。自分の撃った銃弾で相手が蜂の巣みたいになるってどんな気持ちなんだ？　おれは……ぞっとする。正直、とても嫌だ。気分が悪い」

ああそうかと、Lは首肯しそうになった。

処刑の射手を務めるのは、若い新兵の役目なのだ。ベル・エイド軍でも同じだった。実戦経験の少ない兵士たちに捕虜を銃殺させる。〝人を撃ち殺す〟ことを覚えさせるのだ。ベル・エイド内ではそれを『実習』と呼んだ。捕虜は『教材』だ。

「さあ、今日は教材がたくさんある。しっかり実習できるぞ」との上官の一言に、新兵たちは例外なく震え上がった。泣き出す者もいた。ハラの哨兵の言ったように反吐を吐き散らす者もいた。それでも、無理やり銃を持たされる。

Lが戦地に赴いたころ、そんな『実習』はなかった。僅か数年の間に、いや、ほんの一年足らずで、兵士たちは残虐性を増し、命を玩具のように弄ぶ術を身につけた。このごろでは、『教材』の中に敵兵だけではなく、非戦闘員、ハラの一般人も交じっているとの噂まである。さらに配属された新兵の中には、『実習』をすんなりと受け入れられる者も出てきた。「戦争だから、敵を殺すのは当たり前でしょう」と彼らは言う。

敵は殺す。戦争だから当たり前。

そういう教育が浸透し始めたのだ。一般の人々にも。その現実に自分も呑み込まれた。きれい事は言わないし、言えもしない。

Lも殺した。ハラの人々を殺した。何人も何人も。

Lは若い哨兵の横顔を見詰める。

唾を飲み込み、気息を整え、顔色をさらに蒼白くして、哨兵はしゃべる。箍が外れたようにしゃべり続ける。

「おれだって……ベル・エイドのやつらを怨(うら)んでいる。おれの村に迫撃砲を撃ち込んで、村の者を何人も殺した。でも、おれの村に迫撃砲を撃ち込んだのは、おまえじゃないだろう。おまえが、今まさに、迫撃砲弾を装塡(そうてん)しているってのなら、おれは躊躇わずに撃ち殺すさ。撃って殺しても、そんなに嫌な感じはしないと思うんだ。おまえを殺すことで村のみんなの命を守ったと思えば納得……できるだろう。うん、きっと納得できる」

うん、うんと何度も頷く。首振り人形みたいだ。Lではなく、自分を納得させようとしている。そう見えた。

「そりゃあ、もし、おれの家族か友人が殺されていたら、こんな悠長な話、できなかっただろうよ。おれの仲間には親も兄弟も恋人もみんな殺されて、ベル・エイドのやつらを一人残らず殺してやるって、本気で、本当の本気で誓ってるやつがたくさんいる。でも、おれは……そこまで憎めないんだ。だって、おれ、ベル・エイドのやつらと遊んだことも、一緒に学校に通ったこともあるんだぜ。それに、それにな、親父の拵えた壺(つぼ)や器を市場に売りに行って、そこで、ベル・エイドの客が幾つも買ってくれて……。まだ、ガキのころだったけどな」

「同じだ」

「うん？」

「ぼくもガキのころ、ハラと一緒に学んでいた」

「あ、そうなのか」

哨兵はまた、かくかくと首を振った。

曠野からベル・エイドに学びに来る者が大勢いた。そして、ハラの細工技術や芸術性に惹かれて、ベル・エイドから移住する者もけっこういたのだ。

ハラとベル・エイドは交ざり合い、交流を重ね、互いに利益をもたらし、信頼し、支えてきた。異なる語法もあったが、共通の言葉を育んでもきた。だから、哨兵と捕虜がこうやって会話ができる。

戦の前の蜜月だ。いや、長い時をかけて二つの民が築いてきた平穏な関係は、あっけなく崩れ、崩れた瓦礫と立ち込める粉塵の中から戦が立ち上がってきた。

Lたちは、美しく脆い蜜月を記憶している最後の世代、そんなものになるのかもしれない。目の前の哨兵も同じだ。同じ時間、同じ記憶を共有している。

「きみは殴られなかったか」

尋ねてみる。眼裏にSの顔が浮かんだ。無残に潰れた顔だ。

「殴られる？　誰にだ」

「周りの誰かに。上官とか仲間とか」

「それは、しょっちゅうだ。おれは……実戦の経験がほとんどないし、臆病でもある。

だから……まあ、それはしかたない」

哨兵がふっと笑んだ。

愉快だからでも、楽しいからでもない笑み。諦めをふんだんに含んだ笑みだ。こういう顔を教え子の少年たちの中によく見かけた。L自身もこの笑み方に馴染んできた。他の笑い方を忘れるほどに。

ハラでもベル・エイドでも、戦場に駆り出された若者には諦めるか憎むか、その二つしかないのだ。どちらを選んでも、戦から逃れられはしない。深く、取り込まれる。

「処刑の射手に抜擢(ばってき)されたのも……抜擢ってのは、ちょっと使い方が違うかな」

「そうだな。きみの場合、無理やり押し付けられたんだろう」

「命令されたんだ」

唐突に哨兵が立ち上がった。そして、すぐにまた、しゃがみこむ。短い髪が月の光を弾く。

「ベル・エイドの捕虜を自分の手で始末しろって。三人も殺せば慣れる。慣れなきゃいつまでたっても、一人前の兵士として扱ってもらえない……そうだ」

「三人か。おれもそう教わった」

三人、殺せ。

兵士でも兵士でなくてもかまわん。ともかく、パウラを三人殺せ。目の前で、自分の手で殺すんだ。そうすれば、慣れる。パウラを殺すことに何の抵抗も感じなくなる。それでやっと、兵士として一歩前に進める。

　そう教えられた。

　少年たちには、それを伝えなかった。『教材』を使った『実習』もしなかった。正義感や人道主義からではない。そんなものは戦場では幻想にすぎない。

　パウラを三人殺し、『実習』を何度経験しても役に立たないとわかっていた。杭に括り付けられ身動きできない捕虜を撃つのと戦場で敵に向かい合うのとは、まるで別だ。『実習』で養った度胸は正義感や人道主義よりさらに幻でしかない。Lはただひたすら、銃の撃ち方と身の守り方を教えてきた。生き延びるための方法を能う限り覚えさせようとしたのだ。しかし、戦場で生き延びるとは相手を殺すことにほぼ等しい。

　殺せと教えなければ、生きろとは告げられない。

　平時では明らかな矛盾が戦場では常識となる。欺瞞が真実になる。

　Lは矛盾からも欺瞞からも、目を逸らせた。目を逸らすことで、教え子たちの死から逃げようとした。

　ぼくじゃない。ぼくのせいじゃない。ぼくは、生き延びることを教えただけだ。死ぬことも殺すことも教えてはいない。

　少年兵の、少年と呼ぶより子どもと形容した方が相応しい小さな兵士の遺体が運び込まれる度に、Lは胸の内で呟き続けたのだ。

卑怯だとわかっていたけれど、真正面から己の罪を見詰めたら、頭がどうにかなってしまう。

三人殺せ。

殺せば慣れる。

ぼくは駄目だ。死ぬことにも殺すことにも慣れない。ハラをパウラと呼べない。パウラは毒蛇と同じ、駆除すべきものだと、どうしても思えない。今でも、だ。

彼との思い出がある。記憶がある。それを黒く塗り込めて、なかったものにはできないのだ。

死ぬのは怖い。

殺すことは、なお怖い。

なのに、子どもたちに銃を持たせた。扱い方を教えた。彼らを生き延びさせるためじゃなく、ぼく自身が生き延びるためにだ。ぼくが彼を殺さないですむためにだ。

彼らの指導係でいる間は、戦場に出なくてすむ。そう考えていた。

「同じか」

哨兵が銃を抱えたため息を吐く。疲れた老人を連想させる仕草だった。

「ハラもベル・エイドも同じか」

「同じだ。何も変わらない」

「おれたちが臆病なのも同じか」

おれたちと、哨兵は言った。白い頬が震えた。

「こうやって話をしちまった。顔をまじまじと見ちまった。明日、大丈夫だろうか」

「ぼくは動かない。撃つだけなら簡単だ」

「撃つだけならな。問題は引き金が引けるかどうかってことだ。指が震えて、震えて……」

「冷静に撃ってくれ」

ほとんど叫びに近い物言いになっていた。

「頭か心臓か……心臓は難しいから額の真ん中を狙うんだ。よく見て、落ち着いて狙うんだ」

外さないでくれ。

一発で仕留めてくれ。

そうしないと、とんでもなく苦しむことになる。

戦闘が激しくなるにつれて『実習』の頻度も高くなっていった。ほぼ毎日のように行われていたはずだ。度胸試しだけでなく、射撃訓練も兼ねていたから、大抵はかなりの距離から撃つことになる。当然、命中率は下がる。急所に弾が当たらぬまま、腕や肩に銃弾を撃ち込まれ、もがき苦しむ捕虜を何人も見てきた。見ていただけだ。止めの弾を放つことすらしなかった。すれば罰せられた。指導者失格とされ、翌日には前線へ送られた。

捕虜たちは完全に息絶えるまで、身体のあちこちを撃たれ続けた。

ほとんど、なぶり殺しだ。

ああいう死に方はしたくない。できるなら苦痛を感じないまま逝きたい。生きることは諦めるにしても、死に方はできる限り選べないだろうか。

「何だよ。捕虜のくせに、おれを指導する気か」

「そうじゃない。できれば楽に死にたいと思っただけだ」

「……だよな。何発も撃ち込まれて……それでも死ねないなんて最悪だよな。おれだってご免こうむる」

哨兵が身体を震わせた。本当に怯えた目つきになる。まだ他人を殺した経験はなくとも、死体は数え切れないほど見てきたはずだ。死に切れなくてのたうつ者も、助けを求める者も、命乞いをする者も見てきただろう。

Lは両手を合わせたいような心境になる。この期に及んでも、苦悶を厭う自分の身勝手さに自分で呆れもした。それでも、やはり縋ってしまう。

「きみの腕にかかってる。頼むぞ」

「頼まれてもなあ……。ぜったいに暴れたりするなよ」

「暴れるもんか。草を食む牛みたいにおとなしくしてるさ」

「あはっ」

白い歯がのぞいた。

一瞬だったけど、本物の笑いが浮かんだ。

「おもしろい譬えだ。確かに食ってるときって牛はおとなしいな。山羊は忙しいけど」

「牛や山羊を飼っていたのか」

「今でも飼っているはずだ。親父の作った壺と一緒におふくろが搾った乳も売っていた。バターも作ってたんだ」

「そうか」

曠野の一端を牧草地に変えて、ハラの人々は放牧を行っていた。小規模ながら果樹園や畑もあり、そこで採れた葡萄はベル・エイドの物より糖度が高く美味だと評判だった。

Lの家にも牛がいた。

雌牛が三頭と雄牛が一頭。やはり、母が飼育していた。

藁の匂いを思い出す。大きな家畜の優しげな目がよみがえる。牛糞の臭いや飛び交う蝿の羽音を生々しく感じてしまう。

「ソームだ」

哨兵が言った。

「え？」

「おれの名前だ。ソーム。豊かな大地って意味だ」

「豊かな大地、か。いい名前だな」

「おまえは？　こっちが名乗ったんだから、ちゃんと教えろ」

捕虜になったとき、名前は告げてある。この哨兵のところまでは伝わっていないらしい。

そんなものだろう。ベル・エイドでも同じだ。末端まで真実の情報が行き渡る軍事組織などあるわけがない。

胸の奥がほんの少し蠢く。

戦争であろうと、殺し合っていようと、今こうして自分の名前を相手に伝えられる。相手の名を知ることができる。それだけの事実に、何故かときめく。他愛ない、些細な出来事かもしれない。でも、稀有だと思う。名も知らず、顔も知らず、存在さえ知らないまま殺し殺される者同士が、名乗り合い、視線を絡ませ、語り合う。

稀有なことだ、確かに。

Lはソームに告げた。

「Lだ」

「エル？　それだけか」

Lはかぶりを振った。戦場で伸び放題になってしまった髪が揺れ、ぱさぱさと音を立てた。

「ずっとLと呼ばれていた。でも、子どものころの、本当の名前は」

Lは軽く唇を舐めた。乾いて剝けた皮がざらりと舌に触れる。

「エルシア」

輝く星の意味だと説明する。

ソームが顎を引き、瞬きをし、口元を綻ばせた。

「おれが大地でおまえが星か。空と地だな」

Lは頷いた。そして、ソームに問うた。

「風を知っているか」

「風？」

「南からの風だ」

「南風……ファルドのことか」

そうだともう一度、頷く。

空がある。大地がある。その間に風が吹く。南風ファルドは、恵みの風だ。雨を呼び大地を潤し、作物を育てる。農を営む人々はファルドを待ち望み、ファルドに感謝を捧げて生きてきた。

「ファルドならよく知ってる。恵みの風が吹けば、慈雨が降る。おれの親父なんか、作付けの前には必ずファルドに祈ってた。というか、ファルドが吹かないと苗を植えられないもんな」

「ファルドという名は知らないか。そういう名前の男を」

ソームの眉が片方だけ持ち上がった。

「名前の通り風のように疾い。髪はきみと同じ銀色で、もうちょっと艶があったかな」

「艶がなくて悪かったな」

ソームが唇を尖らせて、頭を振った。

「そっちだってぼさぼさで、汚れ放題じゃないか」

「だな。戦場には床屋も美容室もないからな。しかたない」

「そうさ。髪がきれいだからといって、弾が避けてくれるわけじゃない」

ソームは肩を竦め、「で?」とLを見据えてきた。

「ファルドというやつを捜しているのか」

「知ってるのか」

鉄格子を強く握る。さっき手のひらに伝わった冷たさは感じない。ただ硬く、食い込んでくる。

知っているとも知らないとも返事はなかった。

「知っているなら教えてくれ。ファルドは今、どこでどうしている」

ソームが立ち上がる。

「嫌だ」

にべもない拒否の一言だった。

「おまえは敵だ。敵に情報なんて渡さない」

「おれは明日、死ぬんだろう」

さらに強く鉄の格子を握り込む。

「どんな情報を手に入れても、どうしようもないだろう。ここから何をどう発信できるって言うんだ」

「わかるもんか」

ソームの態度も物言いもそっけなく、硬直したものに変わる。

「ベル・エイドのやつらは、みんな嘘つきだ。残虐で、無慈悲で、狡猾(こうかつ)で、笑いながらハラを、子どもだろうが年寄りだろうが、無差別に殺す」

「お互いさまだろう。きみたちの攻撃でベル・エイドの子どもや老人が大勢、死んだ」

「そんなわけない」

ソームの眦(まなじり)がそれとわかるほど吊り上がった。

「おれたちは、非戦闘員は殺さない。残虐で無慈悲なベル・エイドの兵士らとは戦う。むろん、戦うさ。おまえたちは、おれたちを滅ぼそうとしているんだ。戦うにきまってる。でも、だからといって、無差別に殺したりしない。おれたちは、いつだって正しい戦いをしてるんだ」

笑いそうになる。

ソームの稚拙な物言いがおかしい。

正しい戦い。正義の戦。

そんなものがこの世にあると、この少年は本気で信じているのだろうか。それとも、信じた振りをしているだけなのか。

ぼくもそう教わってきた。

Lは心の内で呟いた。

正義は我々にある。正義を守り抜くために、我々は戦うのだ、と。そして、子どもたちに同じことを教えてきた。

「教官、ぼくたち死ぬんでしょうか」

前線へ向かうトラックに乗り込む直前、一人の少年が問うてきた。まだ十一歳になったばかりだった。

「死ぬのが怖いか」

と、Ｌは問い返した。問うことで、答えを曖昧にしてしまう。卑怯なやり方だ。大人の卑怯さだ。

「怖いです」

少年は震えながらＬを見詰めてきた。

「とても怖いです。教官」

これは子どもの率直さだった。血の気の引いた頬、潤んだ眸、怯えた眼差し。そんなものからＬは視線を僅かに逸らした。自分が武器の使い方を伝えた。我々は正しく善であり敵は全て悪なのだと繰り返し伝えた。

首の付け根にある銃創を見せ、国を守ろうとする強い意志さえあれば弾さえ避けるのだと、途方もない騙り（かた）をしたこともある。

騙りだ。

何を信じようと、どれほど強い意志を持とうと、弾は当たる。人を木偶のようになぎ倒す。首の傷は、頸部（けいぶ）がたまたま弾道の外れにあったにすぎない。

僅かの差だ。生死を分かつのは神でも人の意志でもなく、このたまたまの差なのだ。

「怖くて……たまりません」

少年はまだ、震えている。

「いいかげんにしろ」

Lは語気を強めた。痩せた貧弱な少年の肩のあたりに視線を落とす。真正面から眸を覗き込む勇気はなかった。

「そんな弱音を吐くな。今のおまえの言動は処罰ものだぞ。仲間の士気にかかわる。今後一切、口にするな」

「……はい」

「それに、おまえは志願して兵士になったんだ。死を恐れない覚悟ぐらいできているだろう」

少年が睫毛を伏せる。

「仕方なかったんです」

ぽつりと呟く。

「父と母が相次いで亡くなって、妹二人と遺されたんです。自分が兵士になれば手当が支給されます。それで妹たちが飢えずにすむならと……」

受け持った少年たちの身上は大雑把にだが把握している。みな、貧しい家の出身だった。この少年のように二親を亡くした者も、最貧の暮らしから抜け出したいと足掻いている者も、天涯孤独で寄る辺ない身の者もいた。

ベル・エイドには徴兵制も動員法もない。少年たちは志願して兵士になった。表向きはそうだ。しかし、裏側に回れば事実は異なってくる。少年たちに選択肢は二つしかなかったのだ。

家畜以下の、食べ物さえ事欠く暮らしに甘んじるか、兵士として戦うか。それは、特別武官養成学校の生徒の多くが、主に経済的な問題で他の学校を選べなかったことと重なる。

生徒たちは一年繰り上げて卒業させられ、戦場に送られた。Lもそうだ。たくさんの仲間が死んだ。卒業生で生き残っている者は数えるほどしかいない。その内に自分が入っていることが、生き残り、自分よりさらに年下の少年たちから〝教官〟などと呼ばれていることが後ろめたくもあり、不思議でもあった。

みんな死んだ。これからも死んでいく。この戦いが続く限り……。

心の内で、かぶりを振る。

感傷に浸っている暇はない。どんなに悼んでも悔やんでも、死者はよみがえらないのだ。生者から死者への一線はあまりに容易くまたぎ越せてしまうのに、死者から生者へ戻る道は全てが閉ざされる。

「妹たちは遠縁の者に引き取られています。毎月、決まった額を送金しなければならなくて」

「ご両親はパウラに殺されたのか」

しゃべり続ける少年に問う。少年の言葉を遮るためだ。

「父は病気でした。母はパウラの砲撃で負傷して寝たきりになり、亡くなりました」

「なるほど。では、パウラは母上の仇(かたき)というわけだ」

　少年の顔が上がる。

　Lはその肩に手を置いた。

「いい機会だ。存分に親の仇を討つんだ」

　少年が瞬きを繰り返す。喉元が細かく痙攣(けいれん)している。息をするのが苦しげに見える。

「教官。でも……母は自死でした。未来を悲観して、自ら命を絶ったんです」

「しかし、悲観させたのはパウラだろう。この戦いさえなければ、母上は怪我を負うこともなく、つまり、絶望などしなくてすんだ。母上はパウラに殺されたのだ」

　少年の眸が翳(かげ)る。

　暗く深く沈んでいく。

　Lの欺瞞に気が付いたのだ。

　この戦いの責めを負うべきなのは、ハラだけではない。ベル・エイド側も同じだ。利発な少年は見透かしていた。Lの口にした一言は事実を糊塗(こと)し、ねじ曲げている。それは今のベル・エイドに満ちているものだ。僅かでも信頼していた教官から、紛(まが)い物の言葉を投げつけられたとき、少年は運命を悟ったようだった。

　Lは再び少年から目を逸らした。

「行きなさい」

視線を漂わせながら、少年に命じた。命じるより他に何ができただろう。「ここに残れ」とは口が裂けても言えない。「生きて帰れ」とも言えない。Lは無理やり一言を絞り出した。

「武運を祈る」

少年はLが教えた通りの敬礼を返し、トラックに乗り込んだ。

帰ってきたのは三日後だ。

額を銃弾が貫通していた。

「苦しむ間もなかっただろう」

瞼(まぶた)を半分だけ閉じて転寝(うたたね)をしているような少年に話しかける。苦しまなかったからどうだというのだ。自分がこの少年を戦場に送り出した。その事実は変わらない。

ソームはあの少年兵を思い出させる。

「早く終わるといいな」

「うん？」

ソームが顎を突き出して、目を瞬(しばたた)かせる。そういう仕草もどことなく似ていた。

「何の話だ？」

「この戦争さ。いつまで続くんだろうか」

「そりゃあ、おれたちが勝つまでだろう」

「どっちが勝っても負けてもいい。一日も早く、終わるといいな」

少年たちが根絶やしにされる前に、新しい時代を作る力が残っているうちに。

「……そうだな」

ソームが頷いた。慎重で緩やかな首肯だった。

「早く終わるといいな。正直、おれはもう、うんざりだ。銃にも、死人にも、呻き声にも、爆発音にもちっとも慣れない。早く、元の暮らしに戻りたい」

「牛や山羊を飼う暮らしか」

「そうだ。ファルドを待ち望み、大地の恵みに感謝を捧げる暮らしだ。毎日、同じことの繰り返しで、黙々と働く親父を、よくこんな退屈な人生に満足できるなって思ったこともあるけど……。今は懐かしいな。懐かし過ぎて辛くなる。あれ、すげえ貴重なものだったんだよな」

「……だな」

深く共感する。

平凡で、ささやかで、華やかさとも栄光とも富とも無縁の暮らしがどれほど貴いものか、身に染みて知った。

取り戻せるのなら、何も惜しみはしない。

失ってから気が付いても遅いのだけれど、失わなければ、気が付かなった。

「どうすれば戻れるんだろうな」

ソームが力の籠らない声を出す。銃を抱え、途方に暮れた眼差しをLに向けてくる。

「過去には戻れないさ。時を遡るなんて誰にもできない」

「わかってる。そんなことぐらい……。だけど」

ソームは不意に髪の毛を掻き毟った。艶のない髪が抜けて四方に散った。栄養が行き届いていないのだ。

「だけど、どうしてこうなっちまったんだろう。おれたちは、ベル・エイドのやつらとは、けっこう上手くやっていたはずなのに。いつのまにこんなことに……」

ソームがLを見上げる。

「なあ、おまえはどうしてだと思う。どこでどうなって、こんなことになったんだよ」

「わからない」

Lは首を横に振った。

本当にわからない。

何度も考えたのだ。ソームと同じことを考えた。

どうして、こうなってしまったのか。ぼくたちは、どこで何を違えてしまったのか。

いくら考えても、明確な答えが摑めない。

ただ、考える度に心に釣り針が引っ掛かったような感覚がした。鋭い痛みが走るのだ。

痛みの中に兄の顔が浮かぶ。

優しげな顔だ。肌も髪も色が薄かった。Lより十以上も年上で、もの静かな読書家だった。

亡くなってから、ずい分と時が過ぎた。いや。それほども経っていないだろうか。

兄の死と後に続いた日々。あれが分岐点ではなかったか。少なくともLにとって、Lの家族にとって、戦いの影が目には見えないまま、確かに存在していると思い知らされた時間だった。

あそこで取るべき道を違えていたのか。では、どんな道を選べばよかった？　それとも、もう手遅れだったのか。手遅れだったから、兄は死なねばならなかったのか。

では、どこで？　どこから、引き返せなくなったのだ？

やはり、駄目だ。何一つ明らかにならない。

Lは唇を嚙みしめる。ソームも黙りこんだ。

風音が急に高くなる。人間の沈黙を嘲笑うかのように、鳴り渡る。満月に近いけれど、僅かに欠けて歪な月が雲に隠れた。

「ファルドとはどこで知り合った」

ソームが問うてくる。小声なのに、風の音に掻き消されず耳に届いてきた。生きている者の声は力強いと、Lは思う。

「子どものころ、一緒に住んだことがある。ぼくの家から同じ学校に通った」

「へえ、じゃあ友だちだったんだ」

「うん」

「親友だったのか」

「そうだな、彼とは……」

さて、どんな関係だったのだろう。

友人、親友、仲間、家族。

どの言葉も微妙にずれている。

あいつはあいつだ。

ぼくの輝かしい記憶。平凡で、ささやかで、かけがえのない日々を彩った記憶そのものだ。

「彼のことを考えると、幸せな気分になれる」

そういう相手だ。

「へえ」と、ソームが口元を緩めた。

「恋人みたいなもんだな」

恋人？　それも違うな。

「ソーム、きみには恋人がいるのか。思い出すと幸せになれるような誰かがいるのか？」

　ソームの唇が尖る。

「そんなもの、いるもんか。恋人なんて……別に必要ないし」

「そうか。でも好きな女の子ぐらいはいるだろう」

「いないって。女なんて面倒臭いだけじゃないか。すぐ泣くし、騒がしいし、牛の臭いが嫌だって言うし、歯を磨かないのは不潔だって騒ぐし、それに……えっと、芋より花を贈る方がすてきだなんて言うんだぜ。芋は食えるけど、花は食い物にはならないじゃないか。おれがそう言ったら、『あんたって、ほんとうに子どもね。うんざりだわ』だってよ。けど、どんなきれいな花だって、見てるだけじゃ腹の足しにはなんねえよな。食ったって、どれほどの足しにもなんないけどよ。女って、何でそんなことがわかんないんだろうな」

　声を出して笑っていた。久々に本気で笑えた気がする。処刑の前夜に笑えるなんて、これもムゥトゥの月のおかげだろうか。

「確かに。でも、花は人を幸せにしてくれると思う。芋とはまた違った意味でな」

　戦いの最中に一輪の花を見た。戦場に咲いていた。

　白い花冠と薄緑の茎を持つ野菊の一種だった。

　美しいと感じた。

こんな美しい物が傍らにあったのかと驚いた。

「おまえは女みたいなことを言う」

ソームの唇がさらに尖った。

「女の気持ちがわかるんだな。きっと、モテたんだろう」

「いや、まったく」

「謙遜（けんそん）すんな」

「ほんとの話だ。きっと女にモテる男ってのは、芋も花もどっちも贈り物にできるやつなんだ。どっちか一方じゃ駄目なんだろうな」

「なるほど。それは言えるな。ははは」

今度はソームが笑い声をあげた。その声を風がさらっていく。

沈黙が再び訪れる。風の音だけが響く。

今度もソームが先に言葉を継いだ。

「話を聞かせてくれ」

「話？　何の話だ」

「おまえとファルドの話だ。どんな風に知り合い、どんな風に一緒に暮らした？　どんなことをして、どんな別れ方をしたんだ」

ぼくとあいつの話。

Lは口の中の唾を飲み込んだ。ソームが腰から水筒を外し、鉄格子の間から差し出す。

「いいのか?」

「いいさ。近くに湧水場（ゆうすいば）がある。水だけは不足していない」

「そうか。ありがとう」

水は貴重だ。ソームの言う湧き水がどれ程の量なのか、本当にあるのか見当がつかない。明日、処刑される者へのソームなりの餞（はなむけ）なのかもしれない。だとしたら、何とも優しい嘘だ。

優しい少年兵に語ってみようか。

ぼくとあいつの話を。

＊

エルシアの家に、その少年を連れてきたのは兄だった。

「ファルドだ。知ってるだろう。ファルド、弟のエルシアだ。同じ教室で学んでいるな」

兄はそう言って、少年の背を優しく押した。

「二人は話をしたことはあるかな」

「ない」

エルシアが先に答えた。

少年は銀色の長い髪を一つに束ねていた。人見知りの性質なのか、何も言わず目を伏せている。

話をしたことはない。しかし、知っている。

恵みの風をその名に持つ少年は、確かに同じ教室の仲間だ。ただ、ほとんど目立たない。いつも、ひっそりとそこにいる。そんな印象だ。いや、目立たないのではない。ただ、静かなだけだ。

腕白盛りの少年たち、おしゃべり好きな少女たちが詰め込まれた教室は、いつも巣作り中の蜂の群れのように騒がしい。その騒がしさの中で、ファルドの静かさは印象的だった。異質にさえ感じられた。賑やかに飛び交う蜂の一群に白い蝶が交ざっているみたいだった。その静寂は騒擾に飲み込まれることも、沈み込むこともなく存在していた。

強靭な静けさ。

そんなものがあるのなら、ファルドを包みこんでいるのは、強靭な静けさそのものだ。何ものにも侵されない。

エルシアは感じていた。感じて、時折、教室の隅の異質な静寂に、視線を向けてみたりした。

だから、知っている。よく、知っている。口を利いたことは一度もないけれど。

それにもう一つ、ファルドに関わる記憶がある。あれは、そう、〝言葉〟に関する授業でのことで……。

と、肩が重く温かくなる。

兄の手が乗せられていた。

「ファルドは暫くの間、うちから学校に通うことになったから。エルシア、仲よくしてやってくれな。頼む」

エルシアは瞬きをして、長身の兄を見上げた。兄に頼まれ事をされるなんて、めったにない。

「おれの大切な生徒なんだ」

少し急いた口調で、兄が告げた。

兄は初等学校の教師をしていた。公のものではなく、エルシアの住む村の人々と村に隣接するハラの村の住人が資金を出し合い設立した私設学校だ。

校舎も村人たちが手造りした。小屋と呼んで差し支えないほど貧弱な建物が二棟並んでいるだけの、ろくに教具も揃わない、教師も兄を含め三人しかいない学校ではあったが、エルシアの村の子どもたちは、ほぼ全員が通っていた。ハラの方は、全ての子が通えるわけではなかった。

曠野は広く、ハラの居住地は点在している。学校まで歩けば一昼夜かかる家の子もいたのだ。その子たちは寄宿舎暮らしを選ばざるをえない。勉学のために親元を離れて、仲間たちと暮らすのだ。

寄宿舎も校舎同様、簡単な造りの小屋に過ぎなかったし、給食も質素なものだった。家が恋しくて泣く子は大勢いる。当然だ。十歳に満たない少年・少女にとって、家族と別れ一人になる孤独、淋しさ、心細さは辛い。心を苛むほどに辛い。しかし、ハラの子どもたちの学ぶ意欲は衰えなかった。学ぶこと、教わること、知ること、習うこと。それらが力となると信じられたからだ。

ハラの子どもたちは熱心に、ほとんど貪るが如くに学ぼうとした。ベル・エイドの子たちも引っ張られるように、意欲的に学習に向かう。新しい知識、新しい可能性、新しい時代。学びはそこに繋(つな)がる道であり、扉だ。

学校(ここ)で得た諸々を糧(かて)にして、未来を創りあげる。

本気で信じていたのだ。信じられることは希望だ。エルシアたちは希望の日々を生きていた。

教師たちも生徒の熱意に応えようと懸命だった。教師は、兄と中年の女教師と、既に老齢と言って差し支えない、しかし意外に屈強な身体をした男教師だけだ。

正規の職員は三人のみだったが、その人数で学校運営はできない。ベル・エイドの親たちは、数人のグループになって交代で、子どもたちの給食と寄宿生の食事の世話をし、時には寮母寮父の役割も担った。

医師は学校どころか村にもいない。病院も近隣には一つもなかった。ただ、幸運なことに、看護師の資格を持つ者が母親たちの中にいて、子どもたちの健康を管理していた。看護師は時に教師ともなり、薬草や病気の知識、応急手当ての技術を伝え、衛生管理の必要性を説いた。

学校運営に必要な人材の確保はベル・エイドが受け持つ。掛かる費用は折半だった。

生徒の数はベル・エイドが約七割を占めていたが。

誰がどう考え、作り上げたのか、実に均衡のとれたシステムだった。中央から遥か遠く、辺境とも呼ばれる地で、二つの民族は、気の置けない隣人同士のように、上手く愉快に付き合い、自分たちなりの規律や仕組みを生み出していたのだ。

それと同じことが、どうして中央政府にはできなかったのだろう。辺境の村人たちと同等の叡智をなぜ持ち得なかったのか。なぜ、和解や協力や共生の道ではなく、戦いを選んだのか。

考えても詮無いとわかっているけれど、考えずにはいられない。

あのころ、大人たちの努力と知恵に守られて、子どもたちは学ぶことができた。ベル・エイドであってもハラであっても、男であっても女であっても、病弱であっても頑健であっても、学ぶ場と機会は誰もみな平等に保障されていたのだ。

朝、立ち込めた靄が晴れぬ間から、昼食を挟んで、決して欠けることのない日輪がやや傾きかける時刻まで、子どもたちは学び続けた。

エルシアはトモセという老教師の受け持つ〝言葉〟の時間が殊の外、好きだった。物語を読んだり、創ったりするのは楽しかったし得意でもあった。それ以上にトモセ先生の伝えてくれる内容に、心が躍った。

この世には数多(あまた)の言語があり、言葉が溢れている。空、風、木、鳥、雨、人、腕、心、頭、腹、愛情、嫉妬(しっと)、笑い、嘆き……。そんな言葉一つ一つに意味があり、成り立ちがあるのだ。

そして我々の世界は言葉によって成り立ち、意味づけられる。

トモセ先生は熱心に語った。声は掠(かす)れて聞き辛く、時折ひどく咳(せ)き込んだりもするので、余計に不鮮明になる。それでも授業はおもしろかった。エルシアは全身を耳にして掠れ声を拾う。それこそ、トモセ先生の言葉一つ一つが意味あるものとして、確かな手応えを伝えてくれた。

世界は言葉によって成り立っている。言葉は空気や水と同様に、我々にとって必要な、なくてはならないものの一つだ。

「もし、この世から言葉が消えたら、どうなると思う」

トモセ先生は束の間、口をつぐみ生徒たちを見回した。視線がゆっくりと教室内を巡る。小さなざわめきが起こったけれど、答える者はいない。

「考えなさい」

トモセ先生が言った。

「自分の頭で考えてみるんだ。それを言葉にする。大切なことだ。考えて、しゃべり、また、考える。とても、大切なことだ」

　ほとんど独り言のような呟きは、それでもちゃんとエルシアの、そしておそらく、生徒たちみんなの耳に届いた。

　手が挙がる。

「ピアシタ。答えてみなさい」

「はい」

　髪を三つ編みにしたハラの少女が立ち上がる。

「言葉が消えたら、こんな風に授業が受けられなくなると思います。教室中がしーんとして、誰も何もしゃべらなくなって、とっても静かになると思います」

「おまえたちが、しゃべり過ぎるんじゃないかよ」

　少年の誰かが、からかう。

「そっちこそ。一日中、喚いているくせに」

　勝ち気なピアシタが即座に言い返す。

　笑い声が湧いた。机を叩く音も交じる。それで、空気が緩んだ。次々に手が挙がり、発言が続く。

「買い物もできないわ。お店の人と話ができないもの」

「友だちと上手く遊べなくなる」

「悪いことばっかりじゃないと思う。たとえば、お母さんに文句を言われなくなって、ちょっとは楽しいかもしれない」

「気持ちを伝えられない」

「ケンカをしちゃったら仲直りが、すごく難しくなる気がする。『ごめんね』って言えなくなるわけでしょ」

「学校はどうなるんだろう。さっきピアシタが発言したみたいに、授業ができなくなるんだろうか」

「えーっ、そんなの困る」

「言葉が消えたら、何もかも終わりになっちゃうの」

様々な意見が飛び交う中で、一人のベル・エイドの少女が立ち上がった。ほっそりとして背が高く、やはり、長い髪を三つ編みにしている。そのころ少女たちの間では、三つ編みの先を野の花や細紐(ほそひも)で飾るのが流行(はや)っていたのだ。

ナナという名の少女も野路菊(のじぎく)に似た白い花を髪の先につけていた。赤味をおびた髪に、花の白さがよく映えている。

「言葉が消えたら、人はその代わりを探そうとすると思います」

内気な少女は半分目を伏せて、細い声で発言する。

「ほお、なるほど」

トモセ先生が励ますように頷いた。

「代わりを探すとは、どういう意味なんだろうか。もう少し詳しく、聞かせてもらえるかな。ナナ」

「はい。あの……。わたしの叔母ちゃんは、小さいころの病気がもとで、あの、言葉が不自由で……上手くしゃべれません。ほとんどしゃべれません。今はあんまり動けなくなって、寝ていることが多いです。でも、こうやって」

ナナの両手が忙しく動いた。

「こんな感じで、手振りや身振りでわたしたちと会話をします。うちのお母さんなんか、叔母ちゃんの目を覗き込んだだけで、叔母ちゃんの言いたいことがわかるそうです。わたしも、たまにだけど、わかることがあります。叔母ちゃん、今、辛いんだなとか、喜んでるんだとか、水が欲しいんだとか、わかります」

「うん。それは、すごいことだな」

トモセ先生の称賛に、ナナが頬を染めた。

「つまり、叔母さんとの暮らしを振り返って、きみは言葉について考えたわけだ」

「はい。あの、だから……人と人は言葉がしゃべれなくても、会話はできると思います。身振りや手振りや、もっと別の方法で話をしようとするものじゃないでしょうか。じゃないと、叔母ちゃんみたいな人は、誰とも話ができないってことになるし、そんなこと、絶対にないから……」

口中の唾を飲み込み、ナナが着席する。

トモセ先生はもう一度、生徒たちをぐるりと見やった。

「今のナナの意見について、どう思うかな」

活発だった発言が途切れる。生徒たちは考え込み、首を傾げ、顔を見合わせ、黙り込んだ。

「エルシア」

名前を呼ばれた。

「今日はやけに静かだが、ナナの言ったことをどう思う?」

エルシアはゆっくりと立ち上がった。

言いたいことは山ほどあるようにも、皆無のようにも感じる。

「あの、ぼくは……まだ、よくわからなくて……。でも、ナナの言うことはわかるような気がします。言葉はとても大切だけど、でも、言葉が通じないと何もできないとか、それは違うような気もして……。あの、ぼくたちの学校には、ベル・エイドもハラもいて、ベル・エイドとハラの言葉は微妙に違っているけど、ぼくたちはこうして普通に話をしています。お父さんやお母さんも、ハラの人たちと同じ言葉で話をします。ベル・エイドとハラの言葉が混ざった新しい、新しいと言っていいかどうかわからないけど、ぼくたちはぼくたちで通じる言葉を作ってきたと思います。あの、だからえっと……」

「ふむ。確かにそうだな」

　言い淀んだエルシアに向かって、トモセ先生は笑んで見せた。

「エルシア、きみの言うことをもう少し聞きたい。続けなさい」

「はい」

　鼓舞される。トモセ先生が本気で自分の話を聞きたいと望んでいる。そう察せられたから、気持ちがふるい起った。

「ナナは言葉の不自由な叔母さんともちゃんと話ができるし、ぼくたちもはっきり言わなくても、何となく相手の気持ちがわかるときがあります。いつもじゃないけど、たまに、わかるときがあって、だから、その……」

　それこそ懸命に言葉を探る。独り善がりでなく、難解でなく、誤魔化しでなく、他者にちゃんと伝わる言葉を、伝えたいと望む言葉を探る。でなければ、しゃべる価値も必要もない。

　理屈ではなく感覚で、エルシアは悟っていた。だから、本気でしゃべった。本気で言葉をまさぐった。自分の内に固く縮こまった塊があって、本気でしゃべろうとすれば、どんなに稚拙であっても、くぐもった物言いであっても、その塊が徐々に溶けていく。解け、崩れていく。

　心の内が広くなる。

どこまでも広がっていく。

快感だった。

「言葉って生きているみたいです。いろんな形があって、手振りや身振りや、えっと、他にも……えっと……目つきや顔つきでも他人に伝えることができる。大事なのは、えっと……」

「大事なのは何だろうか、エルシア」

トモセ先生が問うてくる。真顔だった。引き締まった真剣な表情だ。いつもは無数の皺に紛れてしまう細い眼が、光を宿し、エルシアを見詰めてくる。

「正解は教科書にも載っていないね。きみの見つけた答えを聞いてみたい」

トモセ先生が視線を緩めた。目元も緩む。

「きみの答えだ」

ぼくの答え。

ぼくが探り、手を伸ばし、摑んだ答え。

頭の中を一筋の光が走った。

「あの、心から伝えようとする気持ちとか、じゃないでしょうか」

トモセ先生が息を吸い込んだ。それからゆっくりと吐き出す。エルシアも息を吐き出していた。吐き出しながら、腰を下ろす。

「なるほど、すばらしい」

トモセ先生がひょいと肩を竦め、破顔した。

嬉しくてたまらない。そんな顔だ。

「みんな、すばらしい。ちゃんと自分の思ったこと、考えたことを言葉にできるじゃないか。それで、互いの意見を聞いて、自分の考えを深めていける。エルシアは、言葉は生きているみたいだと言ったが、まさにその通りだ。言葉は生きている。だから、ちゃんと育ててやらなきゃいけない。育ててやれば、どんどん豊かに、強く、美しくなるんだ。反対にいいかげんな扱い方をすれば、萎んで枯れて、花も実もつけなくなる。今、きみたちがやったことは、きみたちの言葉の苗に水や肥料を与えたってことになる。すばらしい。実に、すばらしい」

トモセ先生は少し息を荒くし、こぶしを握って語った。珍しく興奮している。

「わたしは教師としてきみたちを誇りに思うよ。これは心からの気持ちだ。だから、わたしの言葉は生きてきみたちに届くだろう」

生徒たちの何人かがもぞもぞと動いた。後は身じろぎ一つしない。

トモセ先生の興奮や感動を半分も理解できたわけではない。ただ、先生が本気でしゃべり、本気で自分たちを誇っていることはわかった。身近な大人から誇りだと言われた。

そんな自分たちが誇らしい。

子どもたちは顔を見合わせ、あるいは胸に手を置いて、あるいはかるく指を握り締めて、高揚していく気持ちを嚙み締めた。エルシアもそうだ。鼓動が速まるほどの高揚感を覚えていた。

手が挙がった。

細い手が遠慮がちに、挙げられる。

「ファルド、意見があるのか」

「質問があります」

長い髪を一つに束ね、背に垂らした少年が立ち上がる。

「先生、この世界から言葉が消えてしまったらどうなるんですか」

トモセ先生が生徒たちに、最初に投げかけた問いだった。

「いろんな意味での言葉が消えてしまったら、いえ、言葉が通じ合わなくなったらどうなるんですか」

ファルドの声はさほど大きくなかったけれど、澄んでよく響いた。まさに南風の音だ。

エルシアは顎を上げ、教室の隅に立つ少年を見詰めた。

こういう声だったんだ。

少し驚きを覚える。

ファルドは寡黙で、いつも独りだった。たいてい一人で本を読んでいるか、ノートに何か書き付けているかだ。ただの〝おとなしい子〟というより、どこか他人を拒むような雰囲気があった。

「なあキチ、ファルドってどういうやつなんだ?」

一度だけ、ハラの少年の一人に尋ねたことがある。

「どうって、ファルドはどこでもあんな風さ」

キチは事もなげに言った。

「一人が好きなんだろう」

「そうか……」

「ファルドのことが気になるのか」

「いや、別に。あんまり静かだから、珍しいなって思っただけだ」

「そうかな」

キチが首を傾げる。ファルドの静けさに、特別何も感じないようだ。とっくに慣れっこになっているのだろう。

エルシアは慣れなかった。

いつまで経っても、心のどこかに引っ掛かっている。かといって、声をかけるつもりはなかった。拒まれるのが嫌なわけじゃない。静かさを乱す気にならなかっただけだ。

自分にも、自分の知っている誰にも、ないものだった。

そのファルドが立ち上がり、声を出し、何かをしゃべろうとしている。

エルシアは唇を結んで、華奢(きゃしゃ)な少年を凝視した。

「心から伝えたい気持ちがあってこそ、言葉は生きる。エルシアは、そう言いました」

ファルドの口から自分の名前が出るとは思っていなかった。なぜか、背筋を伸ばしていた。

「じゃ、もし、言葉を使う者が心を伝えたいと思わなくなれば、伝わらなくても構わないと思いながらしゃべれば、言葉は死ぬのでしょうか」

ざわっ。教室の空気が揺れた。

「どういう意味?」

「何を言ってるの」

「わからない」

生徒たちの声が融け合い、小さなざわめきに変わる。エルシアは知らぬ間に胸を押さえていた。心臓が不穏な鼓動を伝えてくる。さっきの高揚感とはまったく別の高鳴りだ。

言葉が死ぬ。

何て衝撃的な一句だろう。とても禍々(まがまが)しい。目の前に、小動物の屍体(したい)を突きつけられたようだ。腐臭さえ嗅いでしまう。

伸ばした背筋にそって冷たい汗が流れた。

トモセ先生の眉間に浅く皺が寄った。「うーむ」と呻きにも似た声が漏れる。

「言葉が死ぬ。そんなことが、あると思うか、ファルド」

ファルドは一度睫毛を伏せ、意を決したように顔を上げた。

「ぼくには、もう……半分ぐらい死にかけているような気がします」

ざわっ、ざわっ。空気がさらに揺れた。

「ファルドは、何を言ってんだ」

「変なやつ」

「死ぬだって、縁起が悪い」

ざわっ、ざわっ、ざわっ。

ざわっ、ざわっ、ざわっ。

ざわめきは小さな波になって、ファルドに向かっていく。

トモセ先生が大きく息を吐いた。

「言葉が死ねばどうなるか。ファルド、考えたことがあるのか」

「……あります。何度も」

「それで、きみの答えは」

ファルドが顔を上げた。視線を漂わす。エルシアのものとぶつかった。カチッ。視線が絡み合う幻の音が、幻なのに生々しくぶつかってきた。

ファルドはすぐに、前に向き直った。

エルシアは目を逸らすことができない。

瞬きもできない。

ファルドの白い横顔を凝視する。

答えは……なに？

「戦いが起こります」

「戦い！」

我知らず、叫んでいた。小さな叫びだったけれど、思いの外、響いた。それまでファルドに向けられていた生徒たちの視線が、エルシアに移った。

ファルドだけが、前を向いたままだ。やや俯き加減になり、唇を一文字に結んでいる。

「続けなさい、ファルド」

トモセ先生が言った。声音がいつもより硬く、そのせいなのか、やや命令調に聞こえた。

ファルドは答えない。

躊躇うように、あるいは悔いているかのように口を閉じている。

「ファルド、聞こえなかったか。戦争が起こるとは、どういう意味なのかな。もう少し詳しく話してごらん」

トモセ先生の口調がいつもの穏やかさを取り戻す。ファルドを励ますように微笑んだ。

生徒が戸惑っているとき、答えあぐねているとき、焦っているとき、必ず見せる笑顔だ。

大丈夫だよ。落ち着いて。慌てることはない。ゆっくりでいいんだ。正解でなくてもかまわない。

老いた顔に浮かんだ笑みは、若い心を静めさせ、緩めさせる絶大な効果があった。エルシアも何度か助けてもらった経験がある。しかし、ファルドの表情は硬いままだった。

「ファルド」。トモセ先生が促す。三度目だ。ファルドの唇が動いた。

「……相手に伝えたいと思わないなら……、わかってもらいたいと思わないなら……言葉はどんどん弱くなると思います」

心なし、物言いがたどたどしくなったみたいだ。

「それで、あの……相手と話す意思がなくなれば……、相手と話すことを拒んでしまえば、それはつまり、言葉が死んでしまうことだと思います」

ああ、わかる。

エルシアはまた、叫びそうになった。今度は、辛うじて叫びを飲み下す。喉の奥がむずりと動いた。

ファルドの言っていることがわかる。

相手を理解しようとする意思を捨てれば、相手に理解してもらう努力を放棄してしまえば、言葉は無用だ。言葉の代わりに、力が必要となる。相手を屈服させる力。支配する力。壊滅させる力。ねじ伏せる力。そんなものが入りようとなるのだ。力と力がぶつかれば争いが起こる。争いが膨れ上がれば戦いになる。ファルドはそう言っているのだ。

わかる。わかる。よく、わかる。

「なるほど。よく考えたな、ファルド。実にりっぱだ」

トモセ先生が笑顔のまま、右手を上下に振った。着席の合図だ。ファルドがゆっくりと腰を下ろす。

「さあ、みんな。今のファルドの発言についてどう思うかな」

いくつか手が挙がった。

「キチ、きみの意見を聞かせてもらおう」

キチが立ち上がり、空咳を一つした。

「はい。ファルドの発言は」

「ふむ。発言は」

「難しくて、よくわかりませんでした」

一瞬の間の後、爆笑が起こった。揺れを感じるほどの笑いだ。

キチは剽軽(ひょうきん)な性質で、他人を笑わせるのが大好きだった。

「最初の方はそれでも一生懸命、聞いてたけど、だんだんついていけなくなって、途中でちょっと寝ちゃった気がしまーす」

キチが舌を覗かせる。その顔つきのまま、頭の後ろを音を立てて掻いた。猿、そっくりだ。むろん、わざと猿を真似ているのだ。

教室の笑いがさらに、激しくなる。

エルシアは笑えなかった。周りと同化して笑えない。笑う場合ではないと思う。笑うのではなく、それこそ言葉を行き交わさせるときなのではないか。真剣に、本気で。

どうして、みんな笑っているのだろう。

キチの明朗さは好ましいけれど、今はふざけるときでも、おどけるときでもない。どうして、それがわからないのだ。

エルシアは、教室の真ん中で猿の真似を続ける級友に、怒りすら覚えた。

「キチ、きみが猿の真似が抜群に上手いのは、よくわかった。十分わかったから、座りなさい。きみは、特技の欄に猿の真似と書けるな。先生が保証するよ」

トモセ先生の一言に、治まりかけた笑い声がまた、ぶり返す。机を叩いたり、足踏みする者までいた。

「あー、静かに、静かに。今日の授業はここまでだ。明日は、自分が好きな言葉を書き出してみよう。単語でもいいし、文章でもいい。明日までによく考えておくこと」

授業終了のベルが鳴る。

それが鳴り終わらないうちに、トモセ先生は教室を出ていった。

「次は昼飯だぞ」

誰かが声を張り上げた。

お待ちかねの時間だ。

昼食といっても、スープに魚の揚げ物や炒めた野菜が付くだけの質素な料理だが、少しでも栄養価の高い食事を育ち盛りの子どもたちに食べさせてやりたいと、大人が苦心に苦心を重ねた献立だ。

学校での大きな楽しみの一つだった。

「今日の献立はなんだろうな」

「お腹、ぺこぺこよ」

「いい匂いがする。これ、何かを揚げてる匂いだぞ」

「ほんとだ。鳥の唐揚げならいいのに」

「あたし、羊の肉がいいな。こんがり揚げて野菜と煮込んだら、すごく美味しいでしょ。大好きよ」

「あたしも好き。でも、めったに食べられないよね。あれ、ご馳走だもの。うわっ、唾が湧いてきちゃった」

「おれは、肉でも骨でもなんだって食えるぞ。あー、腹減った」

楽しげな声が教室内に満ちる。空気の一杯入ったゴムまりのように弾んで、跳ねて、ぶつかり、朗らかな笑いに変わる。

みんな、もうファルドの言ったことを忘れたのだろうか。あの一言一言が心に引っ掛からなかったのだろうか。

エルシアは、ファルドをちらりと見やる。

静かだった。

いつものように机に本を広げている。読み耽っているみたいだ。昼食にも、周りの喧騒にも、仄かに漂う揚げ物の匂いにも頓着する風はなかった。自分だけの世界に閉じこもっている。

「エルシア、昼飯まで外で遊ぼう」

声をかけられ、エルシアは曖昧に頷いた。静かなファルドを見詰め続けていたい。そんな欲求が胸を浸す。

「エルシア？　どうした？　遊ばないのか」

「いや、行こう」

視線を無理やり外し、立ち上がった。

学校の前には、赤土が剝き出しの、ろくに整地されていない広場がある。遊具など一つも設置されていないが、枝の張り出した木々が数本生えていて、かっこうの遊び場になっていた。枝から古タイヤをぶらさげてブランコ代わりにしたり、木登りの腕を競ったりするのだ。

「おーい、キチ。猿みたいに登ってみろよ」

「まかしとけって。それ、ウキキキキ」

「危ないでしょ。やめなさいよ。すぐ調子にのるんだから、馬鹿じゃないの」

「ウキキキキ、うるさい女ども、木の上からオシッコかけちゃうぞ」

「きゃあ、汚い。どこまで馬鹿なのよ。信じられない」

明るく賑やかな空気が流れ込み、エルシアを包む。

広場に出る寸前、振り返ってもう一度、ファルドを見やった。

静かなままだった。

一瞬でも外の光に触れた眼には、銀色の髪の垂れた背中がぼやけて、今にも闇に飲み込まれそうに映った。なぜか、怖いと感じた。何が怖いのかわからぬまま、身体を震わせていた。奥歯が微かに鳴った。

それから、ファルドが自ら発言することは一度もなかったし、トモセ先生が〝言葉と戦い〟について授業することもなかった。

まさか、兄がファルドを連れてくるとは思ってもいなかった。しかも、当分、一緒に暮らす？　ここから学校に通う？

「どういうこと？」

兄に尋ねる。ファルドと目を合わさないように、兄だけを見る。

「寄宿舎がいっぱいになったんだ。ほら、小さい子のクラスに、また新入生たちがきただろう。それで上級生の何人かを教師の家であずかろうって話になったんだ」

ムットゥの季節が始まる前、学校には新入生たちがやってくる。ベル・エイドの天候が安定し、穏やかな晴天が続くころ、子どもたちは期待と不安を胸に詰め込んで、学びの場所に現れるのだ。

寄宿舎は確かに手狭になっていた。仮設の、ほとんど苫屋に近い小屋で寝起きしている生徒さえいる。

だからといってファルドがうちに来るなんて……。

胸苦しいような思いに囚われて、エルシアは大きく息を吐いた。

「二階の西の部屋が空いてる。案内してやってくれ」

「え？　西の部屋は、兄さんの部屋じゃないか」

「おれは居間で寝る。居間の奥にベッドを運べばいいだけだから」

「でも、仕事はどうするんだよ」

兄はほぼ毎日、夜遅くまで調べ物や、授業の準備をしていた。いったいいつ寝ているんだろう、身体は大丈夫なんだろうかと、父母が心配するほど熱心に取り組んでいる。

「台所の隅でも納屋でもできるさ。さ、エルシア、頼むよ。ファルドを案内してくれ」

兄がそっとファルドの背中を押す。

ファルドが半歩、前に出た。挨拶（あいさつ）のつもりか、軽く頭を下げる。

首筋に小さな痣（あざ）ができていた。小さいけれど毒々しい色をしている。何かで打たれた痕（あと）のようだ。よく見ると手首にも、同様の斑紋（はんもん）があった。こちらは首筋のものより一回り大きい。

それ、どうした？

問おうとして、寸前で口をつぐんだ。

もしかしたら……。

寄宿舎で一部の生徒が暴力を振るうと聞いた覚えがある。それが、親元から離れて暮らす鬱屈（うっくつ）からなのか、単に力を誇示し少しでも優位に立ちたい故なのかわからない。噂は噂に過ぎず、特定の生徒の名前があがることはなかったし、エルシア自身に直接関わるものでもなかった。だから、いつの間にか忘れていた。

教室内だって、喧嘩もあれば反目もある。人が集まれば、ごたごたは付きものだ。しょうがない。

勝手に、そう納得していた。人は鈍感だ。その熱さや痛みを実感として受け止められない。自分の身にふりかからない火の粉に、人は鈍感だ。

エルシアもそうだった。

目の前に、一瞬さらされた赤黒い痣は、エルシアの鈍感さを嗤うようにも、詰るようにも感じられた。

兄の眉が寄った。眉間に皺が刻まれる。口元が歪む。目の縁がうっすらと赤らむ。苦しげな顔つきだ。泣き出しそうであり、憤りを必死で抑え込んでいるようでもあった。

学校は希望の場所だった。

生徒たちにとっても、教師にとっても。そこで、暴力が横行しているのなら、希望の輝きに影が差す。

――言葉が死ねば、戦いが起こります。

不意に、ファルドの発言がよみがえる。

寄宿舎で言葉は死にかけているのか。あの学校の寄宿舎で。

エルシアは、ファルドを目で促し、階段を上った。

西の部屋のドアを開ける。

中はいつの間にか片付けられ、ベッドには洗い晒しだがいかにも清潔そうな青いシーツがかけられていた。

「うわぁ、すごい」

ファルドが叫び、窓に駆け寄った。大きく開け放す。

「すごいや。すごい眺めだ」

エルシアの家は小高い丘の上に建っているので、辺りを一望できる。西側の窓からは、遠く山々の稜線と緑の草地とそこに放牧された牛たち、それになだらかに続く白い道とが望めた。

ムゥトゥの季節を前にして、草は緑を濃くし、山々はうっすらと青紫に霞んでいる。草地には水たまりが点在し、空の色を映して碧い。網膜に染み込むような碧だ。草を食む牛の背が光を浴びて、艶やかに輝く。

「きれいだなあ」

ファルドが息を吐き出す。ほうっと、微かな音が聞こえた。

「毎日、こんな風景を見ていられるんだ」

ほうっ。また一つ、吐息が漏れる。

「羨ましい」

「毎日じゃないさ」

つい、笑ってしまった。ファルドの口調には、本気の羨望が含まれていて、それが何となく愉快だったのだ。窓の外の、エルシアにとっては馴染みの、その分退屈でもある風景をファルドは羨んでいる。心底から羨ましいと呟き、吐息を漏らした。

「今日は天気がいいからきれいなだけさ。雨が降ったら、がらりと様子が変わっちゃう」

ファルドが振り向く。漆黒の眸が牛の背より艶やかに輝いた。

「変わる？　どんな風に？」

「どんなって……、そりゃあ天候が違えば野原も山も違っちゃうのは当たり前で……」

「だから、どんな風に違ってくるの？」

ファルドは真顔だった。答えをどうしても聞きたいのだという風に、身を乗り出してくる。こんなに真剣に返事を待たれた覚えはない。ちょっぴりだが鼓動が速くなる。息が痞えるようでもある。でもそれは、嫌な感覚ではなかった。

エルシアは唇を結び、暫く考えた。それから、ゆっくりと唇を舐めてみた。舌の先がかさかさした皮に触れる。相当、乾いていたみたいだ。

「えっと、だから、雨が降ると……どこもかしこも灰色っぽくなっちゃうんだ。色落ちしたみたいな感じがして……。ムゥトゥまでならまだ、こんな風に草も青々としてるけど、過ぎるとたんに枯れ出すだろう。そしたら、ほとんど色なんかなくなるって感じだな。牛なんか濡れちゃうと、やけにみすぼらしく見えるし。たいていは、牛舎に入れられるから草原はがらんとして、すごく、淋しい」

エルシアはその淋しい風色が嫌いではなかった。鈍色の雲も色彩をほとんど失った地も、底に淡い光源を秘めているように思えるのだ。雲が僅かに切れ、陽光が差し込むと雲の端と枯草の先が仄かに金色を帯びる。それぞれがそれぞれに射光している如く見える。地の底から光が滲みだし、雲が明らむ。そんな風でもあった。濡れてみすぼらしい牛たちでさえ、どこかに聖なる印を刻んだ特異な生き物に感じられた。

「うん」

ファルドが頷いた。漆黒の眸は、真っ直ぐに向けられたままだ。心内を覗きこまれた気がした。

少し慌てて、視線を逸らす。逸らしてから後悔した。いまいましくも感じた。自分がいまいましい。腹が立つ。

目を背けることなんかない。

ここは、ぼくの家だ。遠慮することも、臆することもない。

自分に言い聞かす。なのに、どうしてか気圧された気分になる。腹立ちが募った。

「この部屋は兄さんのだから。おれの部屋は反対側だし……」

「また別の景色が見えるってわけ？」

ファルドが一度だけ瞬きする。

「え？　そりゃあ、まあな。西と東では多少は違うけど。でも、似たようなものかな。森がちょっと近くに見えるのが違うぐらいで、後は別に」

「森！」

ファルドの双眸（そうぼう）が見開かれる。頬に血の色が浮かぶ。

「森が見えるの」

「あ、うん。見えるのは見えるけど……。森と言っても、そんなたいしたものじゃなくて、木がもこもこしてるだけの」

「見たい」

不意にファルドが跳んだ。ひょいと跳ねたのだ。何気ない動作だったのに、ドア近くまで移動している。驚くほど身が軽い。

「ねえ、森、見せてくれる？」

「え？」

「森。きみの部屋から見えるんだろう」

「うん……見えるけど。寄宿舎からだって森は見えるんじゃ」

エルシアは口をつぐんだ。曠野に近い学校の周りは、既に緑が貧弱になっている。赤土が剝き出しになり、岩が転がる。豊かな緑は、エルシアの村の手前あたりから広がるのだ。

寄宿舎から森は見えない。

「見たい。見せて、頼むよ、エルシア」

ファルドに名前を呼ばれた。あっさりとごく自然な調子だった。

「別に構わないけど」

わざとつっけんどんに言う。

ドアノブを摑もうとして指が滑った。動揺している自分に舌打ちする。ファルドに引っ張り回されているようで、苛立たしい。他の級友たちと同様に、気楽に気軽に接せられないのは、何故だ？

気になる。

ファルドが何を考え、何を感じ、何を望んでいるか。とても、気になる。『言葉が死ねば戦いが起こる』とファルドは言った。その言葉の後ろにあるものをエルシアは知りたかった。気になってしかたがない。理屈ではなく、心が蠢いてたまらない。

あの一言に辿りつくまでに、ファルドはどんな生き方をしてきたのだろう。故郷の村で何かあったのか？　家族は？　何で生計をたてている？　言葉が死ぬ、その場に立ち会ったことがあるのか？　言葉の骸から戦いが立ち上がるさまを自分の眼で見たのか？

どんな生き方、どんな経験、どんな過去を持っている？

問いかけばかりが浮かんでくる。エルシアは無理やり頭の中の「？」を片隅に押しやった。

　東向きの部屋は、かなり歪な形をしている。壁が角錐形(かくすいけい)に飛び出しているからだ。上から、例えば空とか庭の樹のてっぺんから眺めれば、部屋は壁に張り付いている三角錐の形だとわかるだろう。

　父の父、エルシアが生まれる三月前に亡くなった祖父の建てた家だった。

「親父は変わり者だったからな。他人と同じことはしたくないってのが、口癖だった」

　父はからからと笑い、それでもとびっきり愉快な男だったと付け加えた。

　変わり者で愉快な祖父が建てた家と自分の部屋を、エルシアは気に入っていた。

「すてきな部屋だ」

　一歩中に入るなり、ファルドが声を弾ませた。

「こんなすてきな部屋、初めてだ」

「大袈裟(おおげさ)だな」

　肩を竦めて笑ってみる。大人びた笑い方をしたかった。

「この程度の部屋、どこにでもあるさ。兄さんの部屋の方が広くて、きれいじゃないか。まあ、兄さんはまめに掃除をしてたから、かもしれないけど」

　足元に転がっていた紙屑(かみくず)を寝台の下に蹴り込む。蹴り込んだ場所も埃(ほこり)だらけだった。掃除は面倒だ。かれこれ一月以上、拭きも掃きもしていない。昨日も母親に、これ以上部屋を埃だらけのままにしておくなら、牛と一緒に寝るようになるだろうと脅された。

「壁だよ」

「壁？」

「そうさ、すばらしい壁だ」

部屋の形のせいで、部屋の壁は先に行くほど窄(すぼ)まった三角形に近い。それが原因ではないが、絵の一枚、飾り物の一つもぶら下がっていない。白い塗り壁は白いままなのだ。

「この壁のどこがすばらしいんだ？」

尋ねたけれど、返事はなかった。

何の変哲もない白壁を、ファルドは食い入るように見詰めている。と思っていると、不意に身を翻(ひるがえ)し窓の所に駆け寄った。

窓を大きく開け放す。そして、

「うわあっ」

ファルドの口から歓声がほとばしる。

「森だ。本物だ。すごい。すごい。すごい」

すごいが連発される。

窓の外は西側と同じように牧草地が広がり白い道が延びている。違うのは道の先に、こんもりと茂った木々の集まりがあることだ。森だ。道は森の端を掠めるよう迂回(うかい)し、視界から消えていく。

森が、学校近くの疎林とは比べようもない豊かな緑の固まりが、風になびき音をたてている。

ザアザアとも、ボーボーとも聞こえるその音を潮騒にたとえたのは、流れの行商人だった。箱形のボロ車に衣類やら、雑貨やら、布切れやら、いかがわしい本や絵やらを詰め込んで、一年か二年毎にふらりと村を訪れる。商う品のほとんどが紛い物で、母が男から購った肩掛けは、洗濯したとたん色落ちして、どうにも使い物にならなくなった。今首都で流行りの品と同等の質とデザインだ、都会でもめったに手に入らない掘り出し物だとの男の口上に、まんまと乗せられたわけだ。普段は大らかで優しい母が、眦を吊り上げて憤っていたのを覚えている。

男は商人よりいかさま師に近かったかもしれないが、森の風音を聞いて呟いた「潮騒に似ているな」の一言は、エルシアの胸に響いた。海など一度も目にしたことはなかった。潮騒も海鳴りも知らない。だからこそ響いた。

窓辺で目を閉じ、森の音を聞く。見たことのない海を想う。いかさま師の商人が無料で置いていってくれた楽しみだった。

森は、今も鳴いている。

風に吹かれ枝が揺れ、葉が揺れる。裏白の葉が見え隠れする様は、川を下る小魚を連想させた。黄緑、萌黄、玉虫、薄緑、深緑、青緑……。さまざまな緑色が織りなす川を白い腹を煌めかせて下っていく稚魚たちだ。海を目指し、ひたすら泳ぐ。

「この部屋がいい」

ファルドが振り返り、そう言った。満面の笑みだ。

「は？」

「この部屋がいいよ。エルシア、この部屋に住まわせてくれ」

「冗談言うな」

顎を引いて、精一杯拒否の表情を作った。ファルドの本気が伝わってくる。

「冗談なんかじゃない。本当にここが」

「断る」

声に断固とした調子が籠るように、短くぴしりと言い切る。

「ここは、おれの部屋だ。明け渡すなんて嫌だ」

「明け渡さなくていいよ。ぼくは、部屋の隅にマットを敷いて眠る」

「ふざけんなって。それでなくても狭い部屋に同居人なんて、まっぴらごめんだ」

「頼む、エルシア。絶対、邪魔にはならないようにする。息の音さえたてないように気をつけるから」

「息の音がしなかったら死んじゃってるじゃないか」

「だから、死人みたいにおとなしくしてる。なるべく、迷惑かけないように頑張るから。頼む。ぼくをここに置いてよ」

学校でのファルドを思う。あの静かさを思う。

死人みたいにおとなしく……。

ファルドならできるかもしれない。そこにいることさえ忘れさせてしまう。静かに、密(ひそ)やかに、でも確かに存在する。

「死人みたいにおとなしいなんて、かえって不気味じゃないかよ」

「じゃ、どうすればいいんだ」

「決まったとおりに兄さんの部屋に住めばいい。そのつもりで用意してあるんだから」

「でも……。ぼくがあの部屋を占領したら、先生にいろんな不便をかけることになる。居間で本なんてゆっくり読めないだろうし。あまり迷惑かけたくないんだ」

「この部屋を占領したら、おれに迷惑がかかるって考えないのかよ」

「迷惑？　エルシアに？」

ファルドは軽く、かぶりを振った。

「それは、大丈夫な気がする」

「どういう意味だよ？　おれだって本を読みたいときも、独りになりたいときもあるんだぞ」

「うん、わかってる。でも、きっと大丈夫だよ」

僅かだが腹が立った。

少し図々し過ぎやしないか。

勝手に部屋に入り込んで、住むと言い張る。こっちの都合なんかお構いなしってわけか。何が大丈夫だ。いいかげんにしろよ。

喉まで刺々(とげとげ)しい文句が込み上げてくる。しかし、それをエルシアは口にできなかった。

大丈夫かもしれない。

そんな想いが、ちらりと過(よぎ)ったのだ。

ファルドとなら大丈夫かもしれない。案外、上手くやっていけるんじゃないか。ファルドとなら……。

さっき感じた腹立ちが、みるみる萎んでいく。

「ほら」

ファルドがエルシアの鼻先に指を突き出した。空(くう)に、くるりと小さな円を描く。

「エルシアだってわかっているじゃないか。大丈夫だって」

「え？　いや、それは……」

指が回る。目に見えない小さな円が、空に幾つもできる。

「馬鹿、やめろよ。おれは蜻蛉(とんぼ)じゃないぞ」

伸ばされた手の甲を叩く。あははと屈託も翳りもない笑い声をあげ、ファルドは窓辺まで退いた。

ほんとうに身が軽い。飛んでも跳ねても、ほとんど物音をたてない。まるで森に棲む小動物だ。それに、よく笑い、よくしゃべる。声も表情もいきいきとして明るく、心地よかった。

こんなやつだったんだ。

ファルドの横顔につい見入ってしまう。

意外だというより、やはりという想いの方が強い。

やはり、別の一面があったんだ。

どうしてだか、安堵していた。ファルドの楽しげな様子にほっとする。ファルドの内にこんなにも明るいものがあってよかったと感じる。一緒に笑い合いたい心持ちになる。

「死人みたくなくていいさ。生きた人間のままでいい」

ふっと零れた言葉だった。しかし、真意を含んでいる。

「おとなしくはしていてくれ。うるさく話しかけたりしないこと。それと、持ち物はきちんと管理すること、えっと、それと……うん、自分が居候だって忘れないこと。この部屋の主は、おれなんだからな」

ファルドの双眸が一際、輝いた。

「ありがとう、エルシア」

「別に……。おまえじゃなくて兄さんのためだから。兄さんに部屋が必要だってことぐらい、おれにもわかってる」

「うん」

「それに、おれはわりと平気なんだ。だから、あの……周りに他人がいてもあまり気にならないし」

「うん」

「それに……」

「それに？」

「それに……えっと……それだけだ」

「うん」

ファルドは微笑み、頭を下げた。何気ない動作なのに、優雅だ。

悔しいけれど見惚(みと)れてしまう。

エルシアは小さく舌を鳴らした。

同じ部屋で暮らし始めて数日が過ぎたころ、ファルドが頼みごとを一つした。壁に絵を描かせて欲しいと。

「壁って、ここのか」

何の飾りもない白い壁に手を置く。ファルドに部屋の隅を明け渡したので、ベッドを壁際まで移動してある。

「うん。そのすてきな壁だ」

「ここに何の絵を描く？」

「森の……それと、海の」

「海の」

息を飲み込んでいた。『壁画かよ。冗談じゃない』。『おれの部屋だぞ。勝手なことするな』。『壁を汚すなんて、とんでもない』。拒否の台詞(せりふ)は幾つも浮かんでくるのに、一つとして口から零れなかった。代わりに、少し語尾の掠れた声が出る。

「おまえ、海を見たことがあるのか」

海は遠い。ベル・エイドからもハラからも、遥か遠離でうねっている。海鳴りも潮騒も波飛沫(なみしぶき)も潮の香りも、伝え聞くだけのもの。夢と大差ない。

「うん、ある」

あっさりと肯(うべな)ってから、ファルドは付け加えた。

「一度だけだけど」

「いつ。どうやって。どこで」

海を知っている者がこんなに間近にいたなんて、驚きだ。わくわくする。

「ほら、エルシアだって同じじゃないか」

ファルドがくすっと笑う。

「同じ？　何が？」

「森を見たときのぼくと」

うっと声が漏れた。ファルドがさらに笑う。

「何でも知りたがる。エルシアも、かなりの知りたがり屋だ」

「何でもじゃない。おまえが海を知ってるって言うから、つい……」

言い訳をしている自分が恥ずかしくなる。口をつぐんで、横を向こうとしたとき、ファルドが言った。

「海は大地よりも広いんだ」

一呼吸の間をおいて、続ける。

「父さんと見た」

「お父さんと？　二人で？」

「うん。父さんは海の絵を描くつもりだったんだ。だから、海を見る旅に出た」

「絵を？　じゃあ、画家なのか」

ファルドが首を傾げる。

「父さんは壁画家だった。建物の壁にいろんな絵を描く仕事さ」
「へえっ」
つい、声の調子が高くなる。
ハラの人々の家は、どれも賑やかだ。外壁は白く、そこを様々な模様や絵で飾ってい
る。壁一面が花畑であったり、色取り取りの幾何学模様に埋め尽くされていたり、大小
の動物や果物がちりばめられていたりするのだ。
殺風景な曠野の中で、せめて、人の営みのある場所だけは色を溢れさせよう。
人々の想いであり、知恵なのだろう。
ファルドの父は家々の壁に、あの花を、あの模様を、あの動物たちを描いて暮らして
いたのだろうか。
そして、海を。
「海まで旅をしたのか。おまえを連れて？」
「そう。ぼくはまだ小さくて、母さんはいなかった。ぼくがもっと小さいころに亡くな
ってたんだ。ぼくと父さんは二人きりの家族だったから、どこに行くのも一緒だった」
父と息子、二人っきりの暮らし。どんな風だろうと、エルシアは思いを巡らす。
静かで、沈んでいるのか。案外気楽で、さばさばと乾いているのか。
「父さんが海の絵を依頼されたのか、自分で描きたくなったのか知らない。ぼくが覚え

ているのは、父さんの隣で見た海の風景だけだ」

身体が前のめりになるのを止められなかった。

海の風景だって？　どんな？

性急な問いの言葉だけは、辛うじて飲み下すことができた。

「海は青いって聞いていたけど、全然違うんだ。いや、青いんだけど、青一色じゃなかった。青が一色じゃなかったって言う方が正しいのかな」

エルシアの飲み下した言葉を捉えたかのように、ファルドは語り続けた。もう、笑ってはいなかった。

「海は幾つもの青色の層に分かれているんだ。光の加減で、その色合いが変わってくる。藍（あい）色や青紫や濃紺、群青（ぐんじょう）、透明に近くただ薄（うっす）らと青い場所……。本当に幾つもに分かれて、そこに波が白く、くっきりと見えたりするんだ」

「へえ」

としか言えなかった。

「夜にも海辺に行った。真っ暗だった。黒く塗りつぶされた世界から波の音だけが響いてきて、怖かった。うん、とても怖かった。だって、何にもなくて闇だけがあって、そういうの怖いだろう。闇の世界に引きずり込まれそうで怖くて、怖くてたまらなくて、父さんに縋って泣いたのを覚えてる」

ファルドは少し頬を染め、言い訳のように付け足した。

「まだ、小さな子どもだったから仕方ないだろう。今なら絶対に泣いたりしない」

「うん、だな」

素直に同意していた。正直、幼いファルドが泣こうが、父親に縋ろうがどうでもいい。

海は広く、何もない。その空間を闇が埋める。

闇の他に何もない。

瞼を閉じる。

眼裏で漆黒の闇に光が一閃する。闇は切り裂かれ散り散りになり、青が姿を現す。

藍色、青紫、濃紺、群青、透明に近いほど薄い青。幾つもの青、幾層にも分かれ煌めく青だ。

「描いてくれ」

言葉が飛び出した。懇願の色合いさえ帯びる。それを恥じる余裕はなかった。

「描いてくれよ、ファルド」

「描いてもいいの？　ほんとに？」

エルシアが頷くのと、ファルドがエルシアに飛びついてくるのは、ほぼ同時だった。

細くて、長い腕が首に回る。

「ありがとう。ありがとう、エルシア」

　ファルドの勢いに押され、抱きつかれたままベッドに尻餅をつく。古いベッドはギシッと音を立て、微かな錆の臭いを漂わせた。

　飛びついてきたときと同様に、突然にファルドの身体が離れた。エルシア一人がベッドに座り込んだ格好になる。

「このベッド、動かしてもいいよね」

「は？」

「絵を描くのに邪魔じゃないか。絵具が散っても困るだろう。窓近くに移そうよ」

　当然のような口調だった。

「また、動かすのかよ」

　父から譲られた木製のベッドは頑丈な分、かなりの重量があった。そう簡単に動かせる代物ではない。壁際に移す際も、相当に骨が折れたのだ。

「文句を言わない。シーツを絵具だらけにしたら、マミおばさんにどれだけ怒られると思う？　下手をしたら、豚小屋で寝ろなんて言われちゃうぞ」

「うちには豚はいない。牛だけだ」

「じゃあ牛舎に放り込まれる。マミおばさん、怒ったら怖いだろ」

　ファルドは母のことをマミおばさんと呼んだ。マミは母の名だ。

「あら、どうしてだか胸がわくわくしちゃった。娘のころに戻ったみたいな気分だわ」

初めてファルドに名を呼ばれたとき、母は頬を淡く染めて、嬉しげにそう言った。一瞬だけれど、本当に娘のように若やいで見えた。

母はきれい好きで、乱雑や不潔を忌み物のように嫌う。畑仕事や家畜の世話の合間に、家じゅうを磨き上げるのが日課だ。おかげで、家はいつも、古いながら掃除の行き届いた気持ちの良い場所だった。エルシアの部屋を除いては。

埃だらけだ、片付けができていない、わたしたちの家がごみ溜めになりそうだと、母からしょっちゅう小言をぶつけられていた。もう慣れっこになって、草原を渡る風よりも軽く受け流すことができる。ただ、さすがにシーツを汚すのはまずいだろう。首都から遠く離れた村では生活用品は、手作りか行商人に頼るか一番近い町まで買いに出るか二カ月に一度開かれる市場で手に入れるしかない。このシーツは、父が昨年、市場で手に入れたものだ。布地がしっかりしていて洗いやすいと母が喜んでいた。貴重品だ。汚したりすれば、冗談でなく牛舎に追いやられかねない。

「さっ、早く。そっちを持って」

ファルドがベッドの下に手を掛ける。

「……わかったよ」

相手の言いなりになるようで、些か癪に障る。しかし、エルシアはファルドの言うままにベッドを動かした。

海が見たかった。

この壁に海が現れるのなら、どれほどすてきだろう。

胸が締め付けられるように思ってしまった。

「けど、絵具はどうすんだよ」

満足気に壁を撫(な)で回しているファルドに声をかける。

「持ってる」

「絵具を持ってるのか？　けど、かなりの量がいるだろ」

「うん、大丈夫」

ファルドは部屋の隅から革製の四角い鞄(かばん)を取り出してきた。この家に運び込んだファルドの持ち物は、この鞄一つだ。

元の色が何だったのか判別できないほど古い。あちこちに瑕(きず)があり、持ち手には何度も修理された跡が残っていた。

精緻な工芸品を扱うように丁重に、ファルドは鞄から、やはり四角い箱を取り出した。木製で表面に透明な塗料が塗られている。ちょうど本ぐらいの大きさだが、分厚い辞書を二つ重ねたほどの深さがあった。

丁重な手つきのまま、箱の蓋(ふた)をとる。

「それは？」

箱の中に視線が吸い込まれる。束の間、色彩が乱舞した。

「顔料だ」

ファルドが言った。さっきより、幾分重々しい口調だ。

「顔料、これが……」

箱の中には様々な色が詰まっていた。みんな丸い。子どものこぶしを一回り縮めたほどの丸い玉が並んでいる。一つ一つ、色が違う。

箱は二重になっていて、上下に分かれた下の段にも色玉が並ぶ。

「顔料って、これをどうやって」

「しっ」

エルシアのしゃべりを制するように、ファルドは指を一本、立てた。

「黙って、エルシア。黙って見ていて」

「あ……うん」

ファルドの物言いに不快は感じなかった。腹も立たない。むしろ、自分を律する気持ちが湧いてきた。

静かに見ていなくちゃならないんだ。

ファルドから伝わってくる気配に、エルシアは悟った。

真剣なんだ、とても。

気圧されているわけではなかったが、邪魔してはならないと強く感じる。ファルドが黙っていろと言うのなら、黙っていよう。

ファルドがもう一つ、平たい木箱を取り出してきた。こちらは絵本ぐらいはあるだろうか。

カチッ。留め金の外れる音がして左右に開いた。中は陶製になっていて、幾つかに仕切られている。

パレットか。

声には出さなかったけれど、ファルドは答えてくれた。軽く頷いたのだ。濃紺の玉を取り出し、パレットの横に納められていたヘラで削る。ヘラの横には透明な液の入った小ビンが二本、縦に入っている。それが何なのか、エルシアには見当がつかない。

白いパレットの上に濃紺の削りかすが重なりあう。そこに、青と紫を加える。玉を削る微かな音が聞こえた。葉を撫でる風音に少し似ていた。

削りかすに小ビンの中身を垂らす。油と香料の芳しい匂いが広がる。

筆でそれらを混ぜ合わせると、ファルドは大きく、息を吐き出した。そして、壁に向かう。

腕が動く。匂いが揺れた。

深い青の線が一本、壁に現れる。紺も紫も内包した青だ。

「え？」

思わず声を上げていた。

もう描くのか？　下絵もなく？

驚きはしたけれど、声は出さない。

「うん。やっぱり、最高だ。最高の漆喰だ」

ファルドが満足気に呟いた。その呟きは誰に向けられたものでもなく、壁に、いや、壁に引かれた青い筋に、吸い込まれるように消えた。

「これ、そんなに上等の壁なのか」

とっさに問うたけれど、やはり何の返事もなかった。ファルドはただ、壁と青い筋を見詰めている。呆けたような表情だ。魅せられているようでもあった。エルシアの存在など完全に忘れている。

そうか、邪魔しちゃいけないんだ。

エルシアは足音を忍ばせ、部屋を出た。階段の途中で一度、振り返ってみたけれど、閉め切ったドアの向こうからはどんな気配も伝わってこなかった。

階下に下りる。窓の外では、四頭の牛が草を食んでいた。雌牛が三頭、雄牛が一頭。雌牛の内の一頭は子どもを孕んでいて、そのせいなのか、少し気が荒くなっている。母には従順なのだが、他の者が近づくと威嚇するように頭を振った。今も、近くで草を刈っている父に向かって、頭を上下させている。

手伝わなくちゃ、な。

牛の飼育にしても、田畑の耕作にしても重労働だ。少しでも手助けしなければならなかったし、ずっとやってきた。

父の生業は麦と李(すもも)の栽培が主なものだったが、他にも共同牧草地や野菜や米の世話もしなければならない。一日中、一年中、日の下で働いている。それだけ働いても、裕福とはほど遠い暮らしだ。

「家があって、仕事があって、家族がいる。祭りにはたらふく酒が飲めるし、市場で買い物もできる。おれは、この暮らしが好きなんだ、エルシア。ベッドに入って、マミの鼾(いびき)を聞いていると、しみじみと幸せを感じるよ」

父はそう言う。しょっちゅう言う。母が「あたしは鼾なんてかかないでしょ。でたらめを言わないで」と本気で怒るのもしょっちゅうだ。

本音だと思う。父は今の暮らしに満足している。生活を切り詰めてまで、エルシアを学校に通わせてくれている。

感謝している。働き続ける父を、そして母を愛してもいた。しかし、たまにエルシアは、胸が痞えるような憂鬱(ゆううつ)に襲われるのだ。たまに、だ。決していつもじゃない。

たまに、憂鬱になる。

ぼくも父さんのようになるのかな。

一日中、一年中、働き続ける。それで、手に入るものは、ささやかな楽しみだけ。そんな大人になるんだろうか。そんな未来しか、ぼくにはないんだろうか。

気持ちが塞ぐ。

胸が痞え、息が苦しくなる。

嫌だな。

鬱々とした気分の下から、想いが突き上がってくる。奥歯を噛み締めないと呻き声が零れそうだ。

嫌だな。このまま、この土地に縛り付けられて生きるのは嫌だ。もっと、広い世界を知りたい。もっと別のわくわくするような世界がどこかにあるんじゃないのか。

奥歯を噛み締める。強く、強く。

父さんのような生き方を……したくない。

エルシアは身体を縮め、固く目を閉じた。

父を侮辱した気がした。家族のために懸命に、真面目に、働き続けている男を軽んじたのだ。罪悪感に心が絞られる。壁に背をもたせかけて、息を整えた。

誰も殺さず、大地や牛と生きる。昨日と大差ない今日、今日と変わらぬ明日を過ごしながら年を経ていく。戦いの無い、殺人とは無縁の暮らしを全うする。それが、どれほど尊いかエルシアが知るのは、しばらく後のことだった。

尊い日々を生み出し成り立たせるためには不断の努力や志が必要だけれど、崩すのは容易い。圧倒的な暴力さえあれば、いとも簡単に吹き飛ばせる。骨身に染みて理解できたのも、しばらく後になる。

エルシアは、まだ、何も知らなかった。自分の未来も、つい厭うてしまう平凡な一日の価値も、その一日が足元から崩れ去ろうとしていることも、まるで知らないでいた。


「エルシア、エルシア」

母が呼ぶ。壁から背中を起こし、階段を下りる。

部屋を出る直前、ファルドに目をやった。二日前、森と海を描くと告げてから、空いた時間のほとんど——空いた時間といっても夕食前後の数時間だが——を絵筆を持って壁に向かい合っている。エルシアは、我知らず小さな吐息を漏らしていた。

「エルシア、いるんでしょう。ちょっと降りてきて」

母の呼び声が心持ち高くなった。

「なに?」

口調が少しぞんざいになっていた。このごろ、母に対してはついこんな物言いをしてしまう。「昔は、ほんとかわいかったのにねえ。あたしがどこに行こうとしても、ママ、ママって追いかけて来て、縋りついて。あのころが懐かしいわ」などと冗談と本気が半々の嘆きを聞かされると余計に苛立って、そっぽを向きたくなるのだ。そうすると、母も態度を硬化させて、稀にだが言い争いになったりもした。しかし、今日の母は怒りではなく不安を宿した眼で、エルシアを見やった。

「エルシア、ちょっとお願いがあるの。外に様子を見にいってくれない？　納屋の前あたりだと思うんだけど」

「様子？」

「ええ、さっき兄さんにお客が来たの。オイズさん」

「オイズ？　ああ、洗濯屋のおじさんか」

洗濯屋のオイズは赤ら顔の大男で、力自慢でもあった。酒が好きで酔うと必ず、洗濯物のぎゅうぎゅうに詰まった籠を四つ、一度に担いで運べるのだと自慢していた。

「洗濯屋のおじさんが、兄さんに何の用？」

「それが、わからなくて。オイズさんの他にも二、三人、男の人がいたようで……。何だか難しい顔をしていたの。ドアのところで何か話をしていて、それから外に出ていったのよ。兄さんが、外で話そうとか言ってたみたいでね。いったい、何の話かしら」

母の眸の中で不安が凝縮する。頼りなげな表情だった。

「わかった。行ってみる」

「お願いよ。でも、そっと様子を見るだけにしといてね。たいした話じゃないかもしれないし。このところ、取り越し苦労ばかりしているの。年のせいなのかしらねえ」

母は自分自身に言い聞かすように言った。そして、笑う。無理やりの笑みは口の端を歪めただけだった。

エルシアは裏口から外に出た。納屋は家の裏手にある。近くを澄んだ水を湛えた小川が流れていた。季節になると小魚が銀鱗を煌めかせて遡上してくる。

今は水も少なく、瀬音もさほどではない。

「おれの言ってることがわからんのか」

男の声が、微かな瀬音を掻き消して響く。怒気を含んだ声だ。

「わかりませんよ、オイズさん。あなたの言ってることはむちゃくちゃだ。何の根拠もない」

これは兄の声だ。低く聞き取り辛いけれど、落ち着いている風だった。エルシアはゆっくりと納屋の後ろから廻っていった。父が積んだ薪の山の向こうに、数人の男たちの姿が見えた。

兄を囲むようにして三人が立っている。

一人はオイズ、もう一人は白髪の老人だった。確かこの地区の世話役を務めていたはずだ。もう一人は、顔色の悪いやけに背の高い男だった。目深に帽子を被っているので表情までは読み取れない。

「ハラは敵だ」

オイズが言った。

ハラハテキダ。

言葉がぶつかってくる。とっさに意味が解せなかった。

「馬鹿な。ハラがいつ敵になったんです」

兄が受け答える。それでやっと、オイズの一言が明確になった。

ハラは敵だ。

明確になったけれど、意味はやはり理解できない。

どういうことだ？

「あんたは中央政府の広報を知らないのか。ハラのやつらは、おれたちの国を乗っ取ろうとしてるんだ」

「まさか。そんなのはただのデマだ。政府の正式な発表じゃないでしょう。あまりいいかげんなことを言わない方がいい」

「いいかげんだと？」

「そう、根も葉もない、いいかげんな話だ。そんな話に振り回されて、敵だ味方だと騒ぐなんて馬鹿馬鹿しくはないですか」

オイズの顔が薄らと赤らんだ。エルシアのしゃがみ込んだ薪の陰からでも見て取れる。

兄さんが、殴られる。

エルシアはとっさに薪を握り締めた。オイズが乱暴を働くようなら、飛び出していくつもりだった。

「落ち着け、オイズ」

老人が進み出た。豊かな白い口髭(くちひげ)をたくわえた顔を微かに左右に振る。空咳を一つして、「先生」と兄に呼び掛ける。

「オイズの言ったことはあまり確かじゃない。しかし、デマだのいいかげんだのと一蹴する類のものでもないんだ」

兄の横顔が引き締まった。口元が歪み、奥歯を嚙み締めている。このところ、兄はよくこんな表情で物思いに耽ることが多くなった。寄宿舎のことで悩んでいるのだろうと思っていた。

寄宿舎で何があったのか、兄もファルドも一言も語らなかった。エルシアも尋ねない。ファルドは相変わらず学校では静かで、ほとんどしゃべらないままだ。教室内でファルドを気にかける者はもう、誰もいなかった。ファルドがそう仕向けているように、エルシアには思えた。まるで擬態だ。周りの風景に同化して、自分の存在を消そうと心掛けている。

なぜだろう？

あの闊達な物言いや、軽やかな身のこなしや、明朗な笑い声を押し隠して、なぜ、こうも目立たぬように縮こまっているのだろう。

問う勇気はなかった。

ただファルドがエルシアを信頼してくれている、そのことだけは伝わってきた。理由はわからないけれど、素顔に近い姿をさらしている。それは事実だろうし、それで十分な気がした。

学業を終えればファルドはハラに帰るのか、さらに上の学校を目指すのか。どちらにしても、別れの時は来る。来るけれど、まだ、ずっと先のはずだ。それまで、じっくりファルドと付き合えばいい。きっと思いがけない驚きや感動や楽しさに満ちた時間になる。その兆しは既に現れていた。

昨夜、つい、問うてしまった。

「ファルド、顔料の混ぜ方って決まりがあるのか」

「決まり？」

青と紫の顔料をパレットに移していたファルドが首を傾げる。問いの意味が解せなかったらしい。

「あ、だから、空を描くなら青を何割、白を何割とか配合が決まっているのかと……」

エルシアは唇を噛んだ。ファルドの手つきがあまりに滑らかなものだから、ふっと問うていた。愚問だ。そんなわけがない。予め決められた配合や手はずがあるわけないのだ。海の色も空の色も、ファルドだけのものだ。どこにもない、ここだけの色だ。

「ごめん。つまらないことを言った」

素直に謝る。自分の愚かさが恥ずかしい。

「やってみる？」

ファルドが言った。伏せていた視線を上げると黒い眸とぶつかった。

「顔料を混ぜて、描いてみる？」

「おれが？　絵を？」

「うん」

「そんな無理だ。おれ、絵なんてちゃんと描いたことないもの。それにおれは海を知らない。一度も見たことがないんだ」

「森？　ああ、森なら知っているだろう」

「森なら庭みたいなものさ。一年中入り込んでいる」

「じゃあ、大丈夫だ」

ファルドは笑い、エルシアに顔料の箱を差し出した。

「エルシアの一番好きな森の色を」

ファルドがパレットを指差す。

「おれの一番好きな色？」

「うん。森も一色じゃないはずだ」

森の色は一色じゃない。時刻によって季節によって天候によって、そして、見る者の心によって、移り変わる。

ぼくの一番好きな森、好きな色。

パレットを受け取る。陶器の仕切りの上には緑の顔料に青を僅かに混ぜ込んだ。

「それは？」

ファルドが覗きこむ。

「朝だ。朝の光に照らされた森。でも、違う。もっと眩しくて、でも透明で……」

「緑も青も濃すぎるのかも。もう少し薄くして、金色を混ぜてみたら」

緑と青と金、三色を混ぜ、それを壁に塗ってみる。手が震えた。絵筆も震える。

「上手くいかない」

「エルシアは、なぜ、朝の森が好きなの」

「え？　それは……生きているとわかるから……かな」

「森が？　生きていると？」

「うん、森そのものの命みたいなの、感じるんだ。理由はわからないけど」

「わかるよ」

ファルドは絵筆を握り、唇を結んだ。壁に深い緑色を置く。ああ、そうだ。朝の森が金色に輝くのは頂の葉だけだ。下はまだ夜がまとい付いている。光に誘われて森は目覚め、深呼吸する。

ぼくはこんなにも美しいものの身近にいたんだ。

エルシアは、そっと筆を戻した。ぼくにはできない。でも、ファルドなら表現してくれる。ぼくが持っている美しいものを、余すところなく見せてくれる。

エルシアはファルドの筆によって、自分もまた新たに彩られていく気がした。

ファルドがくれる思いがけない驚きや感動や楽しさ。それに夢中になり、エルシアは兄の優れない表情をさほど気にしなかった。教師としての悩みなら、いつか解決するだろうと考えもした。しかし、思い違いだった。兄の憂いは、学校内に留まるのではなく、ベル・エイドの行く末そのものに向けられていたのだ。

老人と兄の会話は重い調子のまま進んでいた。

「このところ、ハラとベル・エイドの中央政府は険悪な関係に陥っている。そのあたりは、むろん、ご存じでしょうな、先生」

「……知っています。しかし、それは中央政府の話だ。我々とは違うでしょう」

「違う？　何がどう違うと？　我々だって、ベル・エイドの住人でしょう」

「ですから、我々と政府は違うんです。政府同士がどれほど険悪な関係になろうと、我々はずっとハラの人々と良好な関係を結んできた。憎み合うことも損ね合うこともなかった。むしろ、互いを尊重して、協力し合って生きてきたじゃありませんか。ずっと、上手くいっていた。これからも一緒に生きていけるはずです」

　老人と長身の男が顔を見合わせた。

「りっぱなお考えです」

　男が腰を折り、軽い辞儀の格好をした。妙に慇懃な物言いだ。

「それも教育の賜物ですかね、先生」

　兄が僅かだが身を引いた。用心しているのだ。

「ああ、申し遅れました。わたしは中央政府から派遣されました教育審議官です」

「教育審議官……」

「ええ。ベル・エイドの教育が隅々まで正しく、平等に行き渡っているかどうかを審議する役目を担っております。そのための調査をし、情報を収集するのも仕事の内なのですよ」

　そこで男は、また頭を下げた。

「例えば、先生のお勤めの学校で、どんな教育がなされているか。偏向的なものではないか。そんなことを調査させて頂いております。これが、なかなかに骨の折れる仕事でしてね。こちらのお二人のように快く協力してくださる方々のおかげで、まあ、何とかやっていけるというものです。協力者というのは本当にありがたい」

「あの学校は公的なものじゃない」

兄が男の饒舌(じょうぜつ)を遮る。ほとんど叫びだった。語尾がひきつれ、甲高くなる。怯えているのだ。兄は男に怯え、警戒し、狼狽(うろた)えている。

「近隣の人々が資金や資材を持ち寄って建てた、私塾に近いものです。公的な支援を受けない代わりに、制約もない」

「何をしても自由だと?」

「自由という意味が、子どもたちに本当に必要な教育を自分たちなりに工夫して行う、というものなら自由です」

「おれは気にくわなかったんだ」

オイズがこぶしを掲げ、声を荒らげる。

「ハラのやつらと一緒に学ぶなんて、大反対だった。それをなんだかんだと理屈をつけやがって。おれの倅(せがれ)や娘なら、ぜったいにあんな場所に通わせたりしない」

オイズの面には紛い物ではない嫌悪が浮かんでいた。

「学校はちゃんと機能しています」

兄はオイズのこぶしに目を据えたまま、言い切った。

「ベル・エイドの子もハラの子もちゃんと学んでいる。子どもたちは、みんな教育を受ける権利がある。どんな子にも学びの場が必要なんです。どんな辺境の地であっても、子どもがいる限り学校は要るんです。けれど、政府はそこまで考えてはくれない。だから、ぼくたちは自分で学校を作った。そこに文句を言われる筋合いはない」

「おや、先生」

男が目を細める。

「それは政府の教育政策への不満、あるいは政府そのものへの批判ともとれますが」

「え？　いや、そんなつもりはありません」

紅潮していた兄の頰から血の気が引いていく。

「ただ、苦労して、やっとここまで来て……子どもたちも、それぞれに学びを……だから何とかこのまま続けたいと、それだけなんです。批判する気などなくて……」

物言いがしどろもどろになり、やがて、兄は黙りこんだ。男たちの声も密やかになる。

瀬音がはっきりとエルシアの耳に届いてきた。納屋に被さるように枝を伸ばした大樹のどこかで山鳩が鳴いている。

クルクルクルクルッポー。

クルクルクルッポー。

のどかな鳴き声の下で兄は項垂（うなだ）れ、男たちはひそひそと言葉を交わす。どのくらいの時間が経っただろう。不意に山鳩が飛び立った。力強い羽ばたきの音が響く。それが合図だったわけでもあるまいが、男たちが動いた。草原の中の細道を去っていく。

三人の姿が雑木の陰に消えたとき、兄が大きく息を吐き出した。そして、しゃがみこむ。急に身体が一回り縮んだように見えた。

エルシアの手から薪が落ちた。石に当たり、思いの外大きな音をたてる。兄がゆっくりと顔を上げた。

「エルシア……。そこにいたのか」

「兄さん」

兄の許（もと）に駆け寄る。

「兄さん、あいつら何だよ。何を言ってきたんだ」

胸がさわいだ。息苦しいほどだ。

「学校がどうのこうのって……。あいつら、学校をどうかしようって思ってるの？　教育審議官って、何だよ」

どうかする？

どうするつもりだ？

うか。

あの粗末な、でも、ぼくたちにとって唯一の学びの場である学校がどうかなるんだろ

兄がおもむろに立ち上がる。膝(ひざ)の泥を払い、エルシアに笑みを向けた。

「大丈夫。何も心配することなんてないさ」

肩に兄の手が乗った。大きくて温かい手だ。でも、指先が強張(こわば)っている。

「兄さん……」

「大丈夫、大丈夫。何も変わらない。今まで通りさ。おまえは今まで通り、学校に通って学べばいい。それができるように、大人たちががんばればいいんだから。うん、ほんとに心配することなんて何一つ、ないんだ」

「がんばらないと駄目なの」

「え？　あ、うん、そりゃあそうさ。今までだってそうだったじゃないか。学校の運営のために、みんな、がんばってる」

エルシアは兄を見上げ、その視線をすぐに逸らした。

兄は誤魔化している。

エルシアが問うたのは、学校の運営ではなくて存続だった。学校を存続させるために新たな覚悟が必要なのかと。

オイズと世話役の老人と教育審議官。

嫌な予感がする。

胸のざわめきは凪いでくれない。

知らない間に、知らない所で、自分を取り巻く世界が変わろうとしている……のではないか。

エルシアは生唾を飲み下す。

不安を飲み下す。

大丈夫だ。兄がいる。父がいる。母がいる。大人たちがきっと守ってくれる。この退屈で、平穏で、貧しいなりに楽しく過ぎて行く日々はしぶといのだ。そう簡単に崩れるわけがない。

自分に言い聞かす。

もしかしたら、ここから自分は飛び出すかもしれない。さっきの山鳩のように羽を広げて、飛び立てるかもしれない。飛び立ちたいと望む心は確かにある。でも、自分がいなくなっても、ここは変わらないはずだ。変わらずここにある。

顔を上げ、視線を巡らせる。

ムゥトゥの季節が近い。

風も大地も日に日に涼やかになっていく。草原に咲き乱れる花の色が鮮やかな原色から、優しく澄んだ中間色に変わった。空もぎらつく光を褪せさせている。月は静かに膨らみ始めた。

家の煙突から薄い煙が立ち上る。母が夕食作りにとりかかったのだ。薄らと白い煙は、すぐにその白ささえも失ってさやかには見えなくなる。

風が草と土と牛の糞の混ざった匂いを運んできた。エルシアには馴染みの匂いだ。ほとんど無意識に、胸一杯に吸い込んでいた。

噎いたくなる。

こんな小さな世界に囚われたくないと、さっき奥歯を噛み締めたはずなのに、今は変わらずにいて欲しいと望んでいる。

何て自分勝手なことか。

噎うほど利己的で我儘だ。

「茸のスープの匂いがする」

兄が言った。同時に、背中を軽く叩かれた。

「ほんとに？」

鼻を動かしてみる。風と土と牛の糞。その匂いしかしなかった。

「ほんとだとも。間違いないさ。今日は茸のスープだ」

「兄さんの好物だね」

「おまえだって好きじゃないか。この前は鍋の底をひっかいてまで、さらってたよな」

「それは兄さんの方じゃないか。母さんが呆れてた」

あははと、兄は笑声をたてた。少し作り物めいた笑いだと、エルシアは感じる。笑いを収め、兄は不意に話題を変えた。

「ファルドとは上手くいってるようだな」

「あ、うん。まあね。ちょっと変わったやつだけど、まあ、それなりに気を遣ってるみたいだし、愉快なところもけっこうあるし。一緒にいてもそんなに嫌じゃないから」

「そうか。おまえが受け入れてくれてよかった。本当にありがたかったよ、エルシア」

エルシアは聞こえない振りをした。面と向かって感謝されるなんて、面映(おもは)ゆい。顎をしゃくり、ちょっとぞんざいな物言いをする。

「今、壁に絵を描いてる」

「壁に絵だって？　どこの壁だ？」

「おれの部屋の。何だか気に入ったみたいで。よく、わからないけど、ファルドに言わせると最高の漆喰の壁なんだってさ。すごく嬉しそうだった」

魅入られたようなファルドの眼差しがよみがえる。あんな眼差しを向けられるほど、すてきな壁だったのだ。落書きや染みで汚さなくてよかったと、安堵する。

「そうか、絵か……」

森の話をしようかと思った。兄さん、ファルドは朝の森を描いてくれるんだ、と。口の端がむずむずしたけれど、止めた。まだしゃべるのは早すぎる。

壁画が完成したら、驚かせてやろう。兄さんも、父さんも母さんも。

エルシアは話題を微妙に変えた。

「すごい絵の道具を持ってた。古いけれど、あんなりっぱな道具を見たの初めてだ」

そもそも、絵を描くための道具などほとんど目にしたことがない。

「ああ……おそらく、父親の遺品だろう」

兄が呟く。眸の色がまた、暗みを帯びる。

「遺品？」

足が止まる。

遺品？　では、ファルドの父親は亡くなったということか。

兄も、エルシアの傍らに立ち止まった。

「約束だったんだ」

エルシアから空へと、兄の視線が移る。

「ファルドの父親と約束していた。もし、彼の身になにかあったら、息子を引き受けると」

「兄さんとファルドのお父さんって、知り合いだったの」

「ああ、昔、曠野を一人旅したことがあって。そこで、知り合った。向こうの方がかなり年上だったけれど妙に気が合ってな……。というより、おれが彼の絵に魅せられたんだ。おれがこっちに帰ってきてからも、手紙のやりとりをしていた」

「ファルドは、お父さんと一緒に海を見たって言った」

「ああ、そうだな。彼は画家で旅人でもあった。定住しないで、あちこちを放浪しながら壁にすばらしい絵を描いたんだ」

「亡くなったんだね」

兄の口調は亡き人を悼む響きに染まっていた。暫くの間の後で、兄は「そうだ」とだけ答えた。そして、歩き出した。「そうだ」の次を知りたかったけれど、エルシアは口をつぐんだまま兄の後を追った。兄の背はいつもより僅かに縮んで見えた。

「エルシア」

裏口から数歩手前で、兄がまた足を止めた。

「彼は……殺されたんだ」

彼とはむろん、ファルドの父親のことだ。わかっているはずなのに、エルシアはとっさに理解できなかった。「殺された」の一言が、頭蓋の中で反響して思考できない。

呼吸を整える。草と土と牛の糞の混ざった匂いを吸い込む。それで、ようやっと、理性が戻ってきた。

「殺されたって……強盗とかに襲われたの」

それとも、とんでもない悶着にでも巻き込まれたのか。喧嘩の仲裁に入ってとばっちりを食ったとか、誰かと間違われて横死したとか。いや、不慮の事故に遭ったのでは。思案が頭の内を駆け巡る。

「彼はハラの人たちに殺された。彼に壁画やその修復を依頼していた人たちに、だ」

自分の足元に視線を落として、兄はぼそぼそと語った。エルシアは、俯き加減の横顔から、目が離せない。吸い寄せられていく。

「……どういうこと？　あの……ファルドのお父さんって、なにか罪を犯したわけ？　それで、あの、殺されたとか……」

口の中がざらつく。微かな悪心を覚えた。

「……詳しくはわからない。ただ、彼は一カ所に定住しなかった。家も持たず、どんな共同体にも属さず、ハラやベル・エイドや他の地を流浪していたんだ。画家、彫刻家、細工師、織師、楽師や役者……。もともと、芸術関係の才に長けた民だ。その才を頼りに町や村を渡り歩いて日々の糧を得る人たちがいたわけだ。家を構え定住して暮らす者と放浪しながら生きていく者とにわかれて、ハラの人たちは昔から、ちゃんと暮らしていたんだ。むろん、定住者の方がずっと数は多かったけどな」

暮らしていた。

ここでも過去形だ。過ぎた日々のこととして兄は語っている。

「エルシア、わからないんだ」

兄が長い吐息を零した。風がその息をどこかに連れていく。肌も髪色も薄い兄の吐息は、他愛無く消えてしまう。

「情けないけど、おれにはわからない。何であんなことになってしまったのか、さっぱりわからない。でも、急にじゃない……。突然じゃなくて、少しずつ少しずつ足元が崩れていったんだ。それに気がつかなかった」

エルシアは兄を見詰めたまま、動けなかった。口中のざらつきも悪心も、徐々に濃くなっていく。

「いつの間にか、ハラの定住者たちは放浪する人々を忌むようになった。自分たちとは生活の形が違う、価値観が違う、信じるものが違う。違うところをあげつらって疎外するようになって……」

「だって、そんな。ファルドのお父さんは家々の壁に絵を描く仕事をしてたんだろ。それって忌むようなことじゃないだろ。むしろ。むしろ、すてきなことじゃないか」

上手く言葉が浮かんでこない。それが、もどかしい。

壁の海を思った。森を思った。

間もなくあの部屋のあの壁に、海と森が現れる。それだけで、日々が変わる気がした。

「そうだな。すてきだ。でも、そのうちハラの政府が人々の自由な移動を制限するようになった。壁の絵も公認された工房しか請け負えない仕組みができ始めたようだ。ファルドの父親も幾つかの工房から声がかかったそうだ。でも、彼は断った。一カ所に留まり続けるのは性に合わないと断ってしまったんだ。それで、彼は仕事の大半を失った」

「けど、ハラの人たちはみんな、絵や歌が大好きなんだろ。ベル・エイドの芸術学校にだって、ハラからたくさんの学生が留学してるって聞いた」

「そうだ。そういうちゃんとした学校を出て、ちゃんとした資格をもった、いわば、政府公認の芸術家、政府が認めた者しか仕事が回ってこなくなったんだ。それに歩調を合わせるように、放浪する者たちへの疎外が始まったと……今なら思えるな。気がつくのが遅すぎたが……」

兄は何度目かのため息を吐いた。牛の鳴き声がする。四頭の牛たちが、牛舎へと帰り始めたのだ。父が、追っているのだろう。

「学校ができて間もなく、ファルドは一人でおれのところにやってきた。彼の手紙を携えてな。その手紙に今、おれがしゃべったことが全て書いてあった。そして、自分は殺されるだろうとも。彼は追われていたんだ。ちょうど、彼が逗留していた地域で若い娘が殺される事件があって、その犯人として追い詰められていた」

「兄さん、それって」

「ああ、まったくの濡れ衣だ。確かな証拠なんてどこにもないはずだ。ただ、彼が定住者ではないから犯人に仕立て上げられた」

「そして……殺されたの」

「おそらくな。彼は残り少ない時間の中で、手紙をしたため、息子を逃がした。おれを頼ってな。おれは、彼からファルドを託されたんだ」

唐突に、ファルドの傷が浮かんだ。首筋や手首の痣は刻印のようだった。

「兄さん、宿舎でファルドは他の生徒たちから暴力を……」

「ああ、ファルドの生い立ちを知っている者がいたらしい」

ハラの生徒たち一人一人の顔が脳裡を過る。知らぬ間にこぶしを握っていた。無実の人間を追い詰め、殺し、その子にまで陰湿な暴力を振るう。

何てやつらだ。何てやつらだ。許し難い。

「ベル・エイドも同じかもしれない」

唇を噛んだとき、兄の呟きが耳朶に触れた。

「同じ？」

「ああ、同じようなものだ。エルシア、知ってるか？　都市部では芸術系の学校が次々に閉校になっている。残った学校も大半が、ベル・エイドの者以外は入学させないと決めたそうだ。つまり、学びの場から、ハラの学生たちを完全に締め出そうとしている。うちの学校みたいに、ハラもベル・エイドも一緒に学んでいれば、それだけで目を付けられてしまうんだ」

　教育審議官。あのひょろりと背の高い、ほとんど笑わない男。ああいう男が全国をくまなく回って調査しているのだと兄は続けた。ハラもベル・エイドも同じだ。日に日に世界が硬化していく。許されないことが、禁じられることが増えていく。そう語り続けた後、兄は「息苦しいな」と喉元を押さえた。細面の優しげな横顔が歪む。

　兄さんと呼ぼうとした。呼んだ後に続ける言葉がなくて、エルシアは黙りこむ。その代わりのように、裏口のドアが音を立てて開いた。母が顔を覗かせる。兄とエルシアを交互に見やり、眉を顰めた。

「何をしてるの、この忙しいときに。早く入って、夕食の用意を手伝って」

　兄の顔をちらりと見たとき、母の眼に安堵の色が窺えた。ドアがまた音高く閉まる。

　兄がくすっと笑った。

「何だか母さんの怒鳴り声を聞いていると、この世は全て事も無しって気になるな」

「うん、世界の終わりがきても、母さんは、スープ鍋の前で怒鳴ったり笑ったりしてるよ、絶対そうだ」

「おまえ、上手いこと言うな」

　兄と声を合わせて笑う。笑うと少し気分が軽くなった。茸のスープの香りに誘われるように、エルシアと兄はドアを押した。

その日を境に、エルシアの周りで大きく何かが変化したわけではない。むしろ、穏やかに変わりなく、毎日が過ぎていく。

兄は教師として、エルシアとファルドは生徒として学校に通った。

ファルドはよく働いた。

驚くほど手先が器用で、何でもできた。ドアの取っ手や棚の修理、絨毯(じゅうたん)の繕い、鍋の修繕まで玄人(くろうと)の手並みでこなし、母を喜ばせた。

嫁入り道具である鏡台の歪みを直し、鏡の縁に見事な蔓薔薇(つるばら)文様を彫り込んだときには、両手でファルドを抱きしめ額にキスをした。

「ファルド、あなたは奇跡の指を持ってるのね。すばらしいわ」

それ以来、エルシアの家族はファルドが鮮やかな手仕事を見せる度に「さすがに奇跡の指だ」「ほら、これが奇跡の指の仕事よ」と感嘆しあうようになった。ファルドはひどく照れたけれど、本気の称賛に少なからず心を動かされたようだ。

ほんのりと笑む。それは、己の仕事に誇りを抱く職人の笑みだった。しかし、エルシアは、奇跡の指の真実の創作品はあの壁画だと知っていた。

夕食を終え、眠りにつくまでの数時間をファルドは壁に向かい合って過ごした。後ろ姿から張り詰めた気配が伝わってくる。

「油の匂いが気にならない?」

ある夜、ファルドがふいっと問うてきた。

「まったく、ならない」と答えた。嘘ではなかった。香油の混ざった絵具の匂いは最初のころこそ鼻孔を刺激したが、慣れれば芳しくさえ感じられる。匂いが強くなればなるほど、壁が海と森で埋められていくのだ。わくわくする。

「ありがとう、エルシア」

ファルドが静かに礼を述べた。ありふれた感謝の言葉が胸に染みた。なぜか恥ずかしくなる。わざと音を立て、エルシアはベッドの上で向きを変え、壁とファルドに背を向けた。

そうやってまた、日々が過ぎていった。

「エルシア。エルシア、起きて」

揺り動かされ、眠りから引き摺り起こされる。ぼんやりした視界に、ファルドの白い顔が滲んだ。

「何だよ……いったい……」

反射的に窓の外を見る。

夜が明けようとしていた。風景が白み、家畜たちの鳴き声が微かに聞き取れる。

「できたんだ。完成した」

「えっ！」

飛び起きる。絵具の匂いを吸い込む。

目の前に海があった。窓から暁の光が差し込んでくる。その光に青が輝いた。幾つもの青が幾つもの輝きになる。そして、森。緑が繁り、緑がざわめく。朝日にきらめく。海と森は壁の真ん中で融け合い、うねりを作っていた。そこで、銀色の魚が跳ね、薔薇色の鳥が飛ぶ。蜘蛛（くも）が巣を張り、海藻が揺らめく。

エルシアは声もなく、見詰めた。ずっと見続けた壁画だ。美しいなと思ってきた。しかし、ファルドの「完成した」の一言は壁の絵に息吹を吹き込んだようだ。絵でありながら、生きている。ここにあるのは、命そのものだ。命が光に塗（まみ）れている。

「……すごい」

目の奥が熱くなる。涙が零れる。止める間などなかった。泣くことを恥じる気持ちは湧いてこない。エルシアは心のままに涙を流し続けた。


その日、一時限目が自習になった。トモセ先生の授業だ。トモセ先生は生徒たちに書き取りを命じ、そそくさと教室を出ていった。

自習はつまらない。いつもなら落胆するところだが、今日は心底ほっとした。朝から頭がぼやけている。瞼を閉じると、あの青があの緑があの鳥が、魚が眼裏で輝くのだ。授業なんて、ろくに受けられなかった。

ファルドをそっと見やる。

相変わらず静かに、本を読んでいた。兄が貸した本だ。

また、泣きそうになる。さすがに、教室で涙ぐむわけにはいかない。エルシアは眠るふりをして机に突っ伏した。

「エルシア、駄目よ。ちゃんと自習しなくちゃ」

横からピアシタが窘(たしな)めてくる。「うるさいな」と文句を言おうとしたとき、悲鳴があがった。女性教師のものだ。

「おい、校庭にジープが停まってるぞ」

窓から身を乗り出しキチが叫んだ。

「あれ、警察のじゃないか」

「いや軍のだ。何で軍のジープが二台も学校に来るんだよ」

「ああっ、先生だ。先生が捕まってる」

窓に群がっていた男子生徒の一人が振り返り、叫んだ。

「エルシア、先生が連れていかれる」

その叫びが終わらない内に、エルシアは教室を飛び出し、校庭に走り出ていた。

「兄さん！」

兄が後ろ手に荒縄で縛られている。罪人の格好だ。

「兄さん、兄さん」

兄に縋りつこうとした瞬間、腹に衝撃がきた。蹴られたのだ。

倒れ込んだエルシアの眼に、軍靴の先が映った。赤茶けた色をしている。校庭の土によく似た色だ。

一瞬、暗くぼやけた視界の隅で、兄がジープに押し込まれていた。

兵士の一人が銃を構える。

「騒ぐな。今から、この学校の全ての活動を禁止する。閉校だ。明日から解体工事を始める」

大声なのに抑揚のない声だった。

「そんな、むちゃくちゃだわ。ひどい」

女生徒が悲鳴のように叫んだ。ピアシタだ。勝ち気で美しいハラの少女だった。

兵士が銃口をピアシタに向けた。微塵（みじん）の躊躇いもなかった。銃声がこだまする。

空中に鮮血の色が散った。ピアシタの身体が地面に転がる。

「きゃあっ、ピアシタ」

女教師が駆け寄る。ピアシタは腕を押さえ、身体を震わせていた。目と口をぽかりと開いたまま、呻き以外は何も発しない。指の間から血が滴る。兵士は至近距離から少女を狙ったのだ。

「子どもを撃つなんて、何てことを、何てことを……」

再び銃声が轟いた。女教師のすぐ傍らで土が飛び散る。ピアシタを抱えたまま女教師は後ろに倒れ込んだ。

「次に騒げば、頭を撃ち抜く。いいな、もう一度告げる。明日はこの学校の建物全てを解体する。明日までの猶予をやる。それまでに、全員がここから出ていけ」

「そんな……ハ、ハラの子たちは……遠くからやってきて、し、宿舎に……何の準備もなく帰れなんて、無理です……。せめて、迎えを待つ間だけでも……ここにいさせてください」

わななきながらも、女教師は必死で懇願する。

「ハラ、いや、パウラとは間もなく戦闘態勢に入る。この先、子どもであろうと老人であろうと、パウラは全て敵だ。一人残さず殺す」

三発目の銃声。空に向かって放たれた一発が戒めを解いたかのように、生徒たちが逃げ出す。ある者は校舎の中に、ある者は校庭を突っ切って何処かへ。

ジープが急発進する。兄の乗せられた灰色の車が遠ざかろうとする。残った兵士たちは無表情のまま硝煙の立ち上る銃を構えていた。

兄さんが連れて行かれる。とんでもない所に奪い去られる。

エルシアは立ち上がった。

「兄さん！　兄さんをどこに」

口を塞がれた。強く後ろに引っ張られる。

「耐えて。耐えるんだ。ここで騒いじゃだめだ」

ファルドが囁く。語尾が微かに震えていた。

「放せ。兄さんが、兄さんが」

「静かに。騒げば撃たれる。ピアシタみたいになる」

ピアシタは突然泣き叫び始めた。女教師が泣くピアシタを引き摺るようにして校舎へ歩いていく。その後ろにぴたりと、兵士がはりついていた。

「ファルド、これは何なんだよ。何で兄さんが捕まるんだ。ピアシタが撃たれるんだ。どうして、どうしてなんだよ」

「戦争だ」

ファルドが背中に顔を押し付けてきた。嗚咽と体温が伝わってくる。

「エルシア、とうとう戦争が始まっちゃうよ」

微かなむせび泣きと確かな温みを背中で受け止め、エルシアはファルドの言葉を繰り返した。

……。

とうとう戦争が始まっちゃうよ。とうとう戦争が始まっちゃうよ。とうとう戦争が背中がすっと寒くなる。ファルドの声がほんの少しだが遠くなる。

「さよならだ」

振り向く。ファルドがいる。涙で潤んだ双眸が艶やかに黒い。

「もう一緒にいられない」

「ファルド、ちょっと待てよ」

「信じられた。エルシアはいつだって本気で、言葉に対しても人に対しても真剣だった。だから、信じられたんだ。エルシアなら信じられる。今までも、きっとこれからも信じることができる」

「ファルド、待てってたら、どこに行くつもりだ」

ハラの地に帰るつもりなのか。そこには、もう頼るべき誰もいないのだろう。

「エルシア、生きて。必ず生き延びて、また」

校舎の中から銃声が響いた。校庭にいた兵士たちが顔を見合わせ、薄く笑った。風が硝煙の臭いに汚れる。校庭の土に、ピアシタの血が染みを作っていた。

ファルドは消えていた。どこにもいない。エルシアが覚悟していたよりずっと早く、ずっと唐突な別れだった。

兄の処刑が報じられたのは一週間後の昼下がりだった。

罪名はスパイ行為。長い間、ハラ側と緊密な関係を結び、ベル・エイドの機密を漏洩していたというものだ。

でっちあげだった。兄はハラもベル・エイドもかかわりなく、子どもたちの教育に心血を注いだだけだ。そのことをエルシアは身をもって知っていた。

兄と共に十人以上の教育者や学者が、兄たちの後にはさらに多くの法律家や芸術家が処刑された。その全てが兄と同じ罪状だった。

母が倒れた。僅か数日で頬はこけ、頭髪のほとんどが白くなった。まるで別人だ。父も同じだった。涙の染みだらけの枕に顔を埋め母は泣き続け、父は呆けたように床にしゃがみ込んでいた。

兄の遺骸はついに返ってこなかった。

「国を売ろうとした大罪人だからね。村の墓地には埋められないさ。返ってこなくてよかったじゃないの」

「そうね。何でも野良犬の餌にしてしまったって聞いたけど」

「スパイのことイヌって言うからね。共食いってことかしらね」

「あんた、洒落たこと言うねえ」

村の女たちがしゃべっているのを聞いた。どの顔にも見覚えがあった。一人は牛飼いの女房だ。エルシアの家より多くの牛と数頭の豚を飼っていた。あとの二人は鍛冶屋と雑貨屋の女房だ。さほど親しいわけではないが、道ですれ違えば挨拶ぐらいは交わす。母だと立ち止まって、短くおしゃべりすることもあった。鍛冶屋の息子は、エルシアより一つ年上で、去年、学校を卒業したばかりだ。兄の教え子だったのだ。そういう女たちが兄をスパイと決めつけ、侮蔑している。悼むのではなく、嘲笑っている。

殴ってやりたい。兄さんを侮辱するなと、胸倉を摑んでやりたい。こぶしを握る度に、背中にファルドの温もりがよみがえった。

——耐えて。耐えるんだ。

あの声が耳奥に響いた。

エルシアが騒ぎを起こせば、非難と中傷はさらに激しくなる。昨日は家の壁に「うらぎり者」と書きなぐられていた。放牧している牛に石を投げつけられた。店で物を買えなくなった。「スパイの家族に売る物はない」と、拒まれるのだ。

昨夜遅く、行きつけのパン屋の女房がやってきた。袋一杯のパンを母に手渡し、苦しげに顔を歪めた。

「マミ、ごめんよ。あんたたちに、もうパンを売れないの。売っちゃいけないって言われているんだ。あたしは……あたしは、そんなの嫌だけど、でも、どうしようもなくて……。ごめんね。もう店には来ないで……。来ても何にも売ってあげられないの。あんたたちと仲良くしてるってわかったら、うちまで……。マミ、ごめんなさい。弱くて、ごめんなさい。堪忍して」

パン屋の女房と母は幼馴染みだった。姉妹同様に育った時期もあったと聞いている。涙を浮かべ、女房が去った後、母はパンを床にぶちまけ、声を殺して泣いた。父はパンを拾い上げ、母にキスをし、壁の文字を消し、牛の傷の手当てをした。しゃがみ込んでいたときと同じ空ろな眼差しではあったが、黙々と動き始めたのだ。

「生きていかなくちゃならん。死ぬわけにはいかん。絶対に、生きていなくちゃならん」

呪文のように呟きながら。

ムットゥが過ぎベル・エイドに凍てる季節インティラが始まった。

季節と歩を合わせ、三人の男がエルシアをおとなってきたのは、朝から吹き荒れた霙交じりの風が、やっと凪いだ宵のことだ。

一人はあの世話役の老人、もう一人は見知らぬ小柄な男、その男の後ろに立っていたのは……。

「トモセ先生!」

「エルシア、久しぶりだね。元気にしていたかい」

元気であるわけがない。しかし、トモセ先生は何の屈託もなく、続けた。

「いや、元気そうだ。よかった、よかった。心配していたんだが、忙しくてなかなか来られなかったんだ。実は今日はきみに話があってね。きみの将来についての相談だ。あ、今、わたしは国から委任されて、地域の青少年の健全育成や進路指導を受け持っている。なかなかに大変だが重要な仕事なんだよ」

「先生。兄を軍に売ったのは先生ですか」

トモセ先生の表情が一瞬、凍り付いた。

「ずっと考えていたんです。学校のことや兄の行動を報告したのは誰だろう。誰が、兄をスパイに仕立て上げたんだろうって」

「それが、わたしだと?」

「そうとしか考えられませんでした。あの日、先生は授業を自習にしてさっさと出て行った。兵士たちがやって来て学校を閉鎖すると知っていたからです」

エルシアは目を伏せた。伏せたくはなかったのに、まともにトモセ先生の顔を見られない。

まさか、そんなわけがない。考え過ぎだ。思い違いだ。

頭に浮かぶ度に打ち消してきた疑問を口にした。頭が重い。胸が苦しい。舌が痺(しび)れる。

「そうだ。わたしが彼を訴えた」

あっさりとトモセ先生は答えた。エルシアの後ろで、母が悲鳴をあげ、床に座り込む。

「彼の行為を見逃すわけにはいかなかったからだ。彼はパウラと繋がり自分の国を裏切ろうとしていた」

「馬鹿な。そんなこと少しも信じていなかったくせに。先生、もしかして教育審議官にでも言い包められたんですか。今のその職を約束する代わりに、兄をスパイに仕立て、学校を潰すようにって」

トモセ先生がかぶりを振る。潤んだ悲しげな眼差しを向けてくる。

「とんでもない妄想だ。エルシア、暫く会わないうちにずい分と捻くれてしまったな。きみのように優秀な子が、このままじゃ駄目だ。このままここにいたら、きみはますます歪んで被害妄想を募らせていくだけだ。駄目だ。あまりにもったいない。きみのような少年には未来がある。可能性がある。真っ直ぐに伸びていかなければね。そのための支援をするのが、わたしたちの仕事なんだ」

トモセ先生が頷くと、小柄な男が進み出てきた。茶色い封筒をエルシアに押し付ける。

「中に、特別武官養成学校のパンフレットが入っています」

それだけ告げるとまた、退く。

「特別武官養成学校？」

「そうだ。上級武官を養成するために、数年前に新設された学校だよ。全国から優秀で、志のある若者たちが集っている。入学のための筆記試験と面接がある。なかなかの難関だが、きみなら心配はいらないだろう。どうだ、エルシア。ここに行ってみないか」

「やめてくれ」

　不意に父が喚いた。エルシアと男たちの間に割って入る。

「おまえたちは、おれから息子を奪った。今度は、下の息子まで連れて行くつもりか。武官だと、とんでもない。出て行ってくれ」

「静かにしなさい」

　トモセ先生が一喝する。教室で騒ぐ子どもたちを叱っていたころの口調だ。

　父親はよろめき、壁に背をぶつけた。

「冷静に考えてみなさい。今のあなたたちに息子を上の学校にやる力はないだろう。この学校なら成績さえ優秀なら、一切の学費が免除されるだけでなく衣食住の全てを保証されるんだ。エルシアのような子にとって願ってもない、いわば理想の場じゃないか。そう思ったからこそ、わざわざ勧めにきてやったんだよ。そうさ、エルシア、これはきみにとってもきみの家族にとっても最初で最後の機会だぞ。きみさえがんばれば、家族を窮地から救うことができる」

　意味が理解できない。あんなに心地よかったトモセ先生の言葉が絡みついてくる。気持ち悪い。吐きそうなほど気持ち悪い。それなのにエルシアは拒否できなかった。

「辛かっただろう。ずっとスパイの身内として辛い目に遭ってきた。それは致し方無いとしても、耐えるのも限界じゃないのか」

　確かにそうだ。

父の作った野菜も果物も、母の搾った牛乳も市場への搬入、販売を禁止された。市場で作物を売れなければ現金は手に入らない。生活は日に日に窮乏していった。しかし、経済的な問題もさることながら、エルシアの家族をより苦しめたのは精神的な面だった。金はなくても野菜も果物も薪もある。牛の乳もある。飢えて死ぬ心配は今のところなかった。それよりも、これまで親しく付き合ってきた隣人たちの、知り合いの、友人たちの変わり様が応えた。息ができないほど応えた。

誰も訪ねてこなくなって久しい。たまに外に出れば、刺すような視線と揶揄の言葉を投げつけられる。夜中に外壁に雑言を書きなぐられ、石を投げ入れられた。

世界がくらりと半回転したようだ。

人はこんなにも残酷な生き物だったのだろうか。穏やかな笑顔の面を外し、夜叉の面を現した。

母は家にこもりっきりになり、まったく笑わなくなった。父の眼差しも澱んだままだ。晴れることがない。

一度だけ、牧草地で声をかけられたことがあった。

「エルシア」

振り向くとナナがいた。あの、気弱で控えめな同級生だ。

「エルシア……あの、あのね、あたし……」

ナナの唇が震える。双眸が潤む。

「あたし、学校が大好きだったの。先生が好きだった。先生がスパイだなんて、嘘だわ」

遠くから悲鳴のような声が響いた。

「ナナ、何をしてるの。駄目よ！」

ナナの母親が叫んでいる。ナナはエルシアから一歩、離れた。身を翻し走り去る。遠ざかる背中で花を飾った三つ編みが揺れていた。

夜、眠る前にファルドの絵を眺める。

海と森と生き物たち。動物、植物そして風や光まで存在する。

傷ついて血が滲む心が癒やされていく。凪いで安らかになっていく。ファルドがすぐ傍らにいる気がした。

もしかしてと、思った。

もしかしてファルドには、こうなる予感があったんだろうか。だからぼくのために、この絵を残してくれたんだろうか、と。ファルド、どうしてこんなことになったんだろうな。毎夜、絵に語りかけるのが習いになっていた。

「エルシア、きみがもし特別武官養成学校に入学したら、それはすばらしいことなんだよ。名誉なことだ。国のために働く意思を示したことになるんだからね。この村からの入学者第一号。うん、実に名誉なことだ。みんな、きみときみの家族を祝福する。今までのことを全て水に流して、きみたちをまた、受け入れるよ」

トモセ先生はにこやかに笑んだ。エルシアの手をしっかりと握り込んだ。振り払うことができなかった。震えを気取られないために、身体を硬直させるのが精一杯だった。

「そうだ。我々はまた村人として受け入れる。お兄さんのことは、忘れてな。みんなが以前のように暮らせるよう心を砕くよ」

世話役の老人が口を挟む。小柄な男は重々しく、頷いた。

エルシアは特別武官養成学校の試験を受け、そして合格した。

父はまた市場に出入りできるようになった。壁は汚されず、窓を割られることもなくなった。

「おめでとう、エルシア。がんばりなさいよ」

「りっぱになって、お帰りね」

「武功をたてるんだぞ。しっかり働きな」

鍛冶屋の女房が、牛飼いの女房が、肉屋の主人が声をかけてきた。エルシアは曖昧に笑う。それしかできなかった。表情も声音も心の底も、自分の輪郭が、何もかもが曖昧になっていく。

特別武官養成学校のある首都へと発つ前夜、エルシアは壁の絵をそっと撫でた。何度も撫でた。手のひらにも頭にも心にも、記憶させる。どこにいても、この絵を忘れない。

兄がいて、ファルドがいて、学校が存在していた。学ぶ楽しさや人を知る喜びがあった。自分の想いに正直でいられた。他者を、自分を、未来を、大人を信じることができた。美しい珠のような日々、それがこの絵に凝縮されている。

ファルドが残してくれた思い出の……。

コツッ。

窓に小さな音がした。

心臓が縮む。まだ、石を投げてくる者がいるのか。まだ、苛もうとするのか。

振り返り、エルシアは息をのむ。

「ファルド！」

庭の木の枝にファルドが立っていた。静かにと言うように唇の前に指を一本、立てる。

エルシアは窓を開けた。欠けた月の明かりが銀髪を照らし出す。ファルドが枝を蹴った。

窓際のベッドの上にふわりと降り立つ。ギシリと軋む音がした。

「ファルド」

「エルシア」

とっさに両腕を広げていた。ファルドの身体が飛び込んでくる。

ああ、温かい。

ほんの一瞬の抱擁に泣きそうになる。

ファルドは身体を離し、硬い表情で告げた。

「エルシア、時間がない」

「ファルド」

「絵を仕上げにきた」

「この絵を？　完成してるんじゃないのか」

「最後の一筆が必要だったんだ。ずっと気になっていた。でも、なかなか機会（チャンス）がなくて
……」

今、ベル・エイドの地にハラの人間が足を踏み入れることは至難であり、命懸けの行動になる。ファルドは髪を短く切りそろえていた。目立たぬための細工だろうか。

「ファルド、もしかして知ってるのか」

明日、ぼくが旅立つことを。知ったからこそ、来てくれたのか。

ファルドは腰に下げた袋から筒形の容器を取り出した。中から筆と白い絵具の小瓶を取り出す。壁の前にしゃがみこみ、下の端に文字を書き入れた。

ファルドからエルシアへ
青い海の底に白い文字が沈む。

「できた。完璧だ」

ファルドがエルシアを見詰める。

「できたよ、エルシア」

「うん……。完璧だ」

我慢できなかった。もう、限界だった。エルシアはファルドに縋りつき、泣いた。兄が亡くなってから一度も流したことのない涙は、後から後から零れ落ちファルドの肩を濡らした。

「エルシア」

ファルドの両腕が背中に回る。

「きみだけは信じられる。何が起こっても信じられる」

「ファルド、おれは、でも……武官の……学校に……」

「戦争を始めたのは、ぼくでもきみでもない」

そうだ、ぼくでもファルドでもない。でも、抗(あらが)えない。巻き込まれ、流されようとしている。

「ぼくときみなら、馬鹿げた戦争を止められる」

思いもかけない一言だった。

考えたこともない台詞だった。

「エルシア、何があっても生き延びて。生きて、また会おう」

ファルドが顔を上げる。

「今度会ったときも、こんなふうに……」

背中の腕に力がこもる。

「こんなふうに抱き合おう。エルシア」

戦うのではなく、殺し合うのではなく、両腕を差し伸べて相手を受けとめる。

そう約束しよう。

「ああ、必ず」

誓う。とエルシアは答えた。きみと自分自身に誓う。いつ、どんな状況で出会ってもきみを抱擁する。この手で抱き締める。

ファルドが離れた。冷えた空気が身体に触れる。思わず身震いしていた。

くすっ。ファルドが笑った。

「エルシアの泣いた顔、初めて見た。案外、可愛い」

「ファルド！」

風が吹きこんでくる。

ファルドの姿が闇に消える。木の枝が揺れる。エルシアは一人、窓と壁の間に残される。ひどく寒かった。

壁の絵と白い文字〝ファルドからエルシアへ〟から、窓の外へと視線を移す。

遠く空の高みに、半分だけの月が浮かんでいた。

＊

　ソームが長く、細い息を吐き出した。身体が萎むぐらいの吐息だ。

「それで、おまえはその武官なんちゃらって学校に行って……」

「戦場に駆り出された」

「だよな。そんなものだよな。おれたちだって似たようなもんだ」

　再びの長い嘆息。Lも吐息を漏らす。

　学校という名はついていても、そこは学びの場ではなかった。戦いが長引くにつれ、完全な兵士養成機関へと変貌していったのだ。

「戦場は……どうだった」

　ソームが身を竦め、銃を抱え込む。

「おれ……、もうすぐ最前線にやられるんだ。もうすぐ……」

　最前線がどこになるのかLは知らなかった。ソームも知らないだろう。兵士たちの大半が知らないはずだ。自分たちが何のために、どこで戦っているのか考える余裕など兵士にはない。一片の情報も伝えられなかったけれど、それを求める者はいなかった。「どうせ嘘っぱちさ。上からの情報なんて知ってても知らなくても同じだ」そう吐き捨てたのは誰だっただろう。

「花が咲いていた」

Lの呟きに、ソームが目を瞬かせる。首を傾げる。

戦場に花が咲いていた。戦闘の最中に見た。白い花冠の野菊だった。血塗れの死体と瓦礫の間に一輪だけ花をつけていた。白い花は地に伏せたLの眼間で、揺れていたのだ。ファルドの絵にもこの花が咲いていた。海と森とのあわいで可憐な花弁を広げていたはずだ。あの壁画の隅から隅までを覚えている。いつでも、思い出すことができる。いや、忘れたことなど、一瞬もなかった。

「敵だ、撃て！」

ひきつれた声が響く。瓦礫の陰からばらばらと黒い影が飛び出し、向かってくる。

「撃て、撃て、殺せ」声はますます甲高くひきつれていく。Lは撃てなかった。さっきまで機械仕掛けの人形のように、繰り返し引き金を引いていたのに。

戦闘は終わり、銃声が止む。Lたちの前にはハラの兵士の死体が幾つも転がっていた。ベル・エイドの兵士の死体も同じぐらいの数、転がっていた。

数えきれない戦闘を潜り、生き延びて、Lは十九歳になった。十九歳の誕生日にKに再会した。所属していた部隊がハラの攻撃でほぼ壊滅し、奇跡的に生き残ったLたちが他の部隊と合流した、その軍営内で、だ。

痩せて、老けて、険しい目つきになっていたけれど、あのKに間違いなかった。生きた姿で出会えるなんて奇跡に等しい。

Kは草色のシートの前に立っていた。シートに包まれた死体が二十あまり、地面に並んでいる。今日の戦死者たちだった。これから纏めて埋められる。野晒しにされずに済んだだけ幸運な者たちだ。戦場では、それ以上の幸運は存在しない。

「K」声をかける語尾が僅かに震えたかもしれない。

Kが大きく目を見張り、口を僅かに開ける。しかし、その表情は刹那で消えた。後には何も残らない。一切の感情が失せていた。人の眼ではない。並ぶ死体の中からKだけが起き上がってきたようだった。

「Lか」

「K、まさか会えるなんて……」

「元学友なら、ここにもいるぞ」

Kが軍靴の先でシートを持ち上げた。顔面の右半分が銃弾で吹き飛ばされていたけれど、すぐにわかった。薄らと開いた左目と口元に見覚えがある。

「S……」

「一般からの志願兵だとよ。志願しなきゃどうにもならない状況に追い込まれたんだろうな」

ああと答えた。少年兵の大半がそうだ。Lのように巧妙に道を決められ、戦場に送られる。Kも例外ではなかった。Kの場合は父親だった。反戦と非暴力を表明する哲学者だったKの父親はLの兄と同様に軍部に捕らえられ連行された。ただし、三カ月後に生きて戻ってきた。Kに言わせれば「戻ってはきたが、まるで別人になっていた」そうだ。父親はこれまでの主張を一八〇度覆し、Kに国のために戦えと命じた。そして、特別武官養成学校に送り出したのだ。

母は既に亡く、父の行為を称賛する者はいても諫める者はいなかった。そういう諸々をLは卒業する寸前に聞いた。個人的な事情についてずっと口をつぐんでいたKが、卒業の前夜、堰を切ったようにしゃべり始めたのだ。一時間近くしゃべり続けた後、「おれが死んだら親父は泣くのかな。それとも名誉だと喜ぶのかな」と、掠れた声で独り言ち、黙り込んだ。それっきり一言も交わさず別れた。

LはKに自分を重ねた。Kなら、ファルドの絵を見たいと望むのではないか。Kならあの海をあの森を心に染み込ませることができる。なぜ、もっと早く語り合わなかったのだろう。別れた後に何度も悔いた。もう二度と会えないと覚悟していたから悔いは重かった。けれど、会えた。生きて会えた。

「K」胸の中でもう一度呼んでみる。Kはほとんど抑揚のない口調で告げた。

「Sは死んだ、Tも死んだ。戦闘で、じゃない。戦いに怯え脱走しようとして処刑された……そうだ。噂を耳に挟んだだけだが」

「そうか……」

「みんな死んだ。IもYもBもDも、みんな。誰もいなくなった」

「……停戦協定が結ばれるかもしれないと……そのための会議が開かれるって、そんな動きがあるって聞いたが……」

Kの表情が動いた。薄く笑ったのだ。

「お偉方がテーブルを挟んで会議をしている間に、あと何人、死ぬんだ。千人か？　万人か？　はは、もう駄目さ、L。もう取り返しがつかない。誰もいなくなった。たとえ停戦になっても、ベル・エイドは滅びる。国を支える者が誰もいないんだからな、ははは。まったく、お笑い種だぜ。よくもここまでやってくれたもんだ」

Kの唇がめくれる。学生時代には決して見せたことのない笑みだ。

「今更、停戦？　冗談じゃない。おれは一人でも戦うさ。そうしろと教えられてきたんだからな。それに従う。迷わず素直に理想的に」

「K」

「殺してやる。パウラは皆殺しだ。殺したやつの数だけ勲章をもらおう。きっと重すぎて身動きできなくなるぞ。はははは」

Kが笑う。小波(さざなみ)に似た笑いはやがて、哄笑(こうしょう)となり、死者の上にこだました。

それでと、ソームは唾を飲み込む。

「そのKってやつはどうなったんだ。死んだのか」

「わからない。それっきりになった」

「ファルドは？　ファルドはどうなった？　出逢(であ)えたのか？」

「それもわからない。でも、もしかしたら」

「もしかしたら？」

ファルド、きみはすぐ近くにいるんじゃないか。

視線を空に投げる。下方を僅かに欠いた月はそれでも明るく、星の光を隠してしまう。

「捕虜になる前の戦闘で、おれは一人、逃げ遅れた。足が瓦礫に挟まって身動きできなくなったんだ。幸い……というべきかどうかわからないけれど、骨は折れてなかったみたいだ」

腫れた足首を撫でる。処刑場までは、足を引きずりながらでも独力で歩けそうだ。ほんの少し、疼(うず)きに耐えるだけでいい。

「おれは、ほとんど気を失っていた。朦朧とした意識の中で、死ななくちゃと……自裁しなくちゃと考えてた。捕虜になるより死んだほうが楽だと教えられていたし……」

教えてきた。自分よりさらに若い少年たちに自裁のやり方を教えてきた。Lの教え通りに、自分の銃で自分の頭を、あるいは心臓を撃ち抜いた少年たちがいたのだ。幾人も。

生きていてはいけないと、ずっと感じていた。生きていては、あの少年たちにあまりに申し訳ない。死んで償える罪があるとは思わないけれど、他に贖罪の方法を知らない。

力を振り絞り、銃を引き寄せた。大勢の人の気配がする。間近に敵がいるのだ。急がなければ、急がなければ……。

薄れていく視界の中でLは懸命に引き金を探した。指先がそこに触れたとき、声を聴いた。

『エルシア、駄目だ』

同時に身体を抱きかかえられた気がした。銃が指から滑り、鈍い音をたてて地面に落ちた。

『死んじゃだめだ。約束を違えるな』

ファルド、ファルドだろうか。

森と海と白い花が浮かぶ。

『ぼくがきみを救うまで』

南風の音に似た囁きが告げる。

『待っていて、エルシア』

近くで銃声が響いた。けれど、囁きは消えない。脳裡に刻まれる。

――ぼくがきみを救うまで、待っていて、エルシア。


Lはそのまま暗い闇に引きずり込まれた。

「それで、気が付いたら、捕虜になっていたのか」

ソームが、また、瞬きする。ちょっとした癖なのだろう。

「そうだ。ざっとだが足の手当てまでしてもらった。おかげで随分、楽になった」

「処刑場まで一人で歩かせるためにだろう」

ソームはLの胸裏を見透かしたような台詞を口にした。

「それでもありがたいさ」

「そんなもんか」

肩を竦め、ソームはかぶりを振った。

「停戦合意って、そんなに難しいもんかな。みんな、戦いに倦(う)んでるのにな……。何で、さっさと決まらないんだろう。まだ、こんな戦いを続けたいやつがいるんだろうか」

「そうだな」

　ずっと考えていた。駆ける狐と飛び立つ鳥の群れを壁に彫り込んだこの牢の中で考え続けた。何が戦を始める、何が戦を続ける、何が戦の停止を阻む要因になるのだろうかと。国の利己主義だろうか、威信に拘る見栄だろうか、軍需産業との関わりだろうか、それとも、人の心の問題だろうか。

　Sを殺したのは、Tを追い詰めたのは、Kをあんな風にしてしまったのは、いったい誰なのだろう。考えても考えても、正解を導けない。黒い靄の向こうに隠れている。

「エルシア」

　不意に名前を呼ばれた。本当の名前だ。父がつけてくれた名前。

「おまえが生まれたのは真夜中でな。母さんは難産だった。生まれた瞬間、おれは外に走り出て神さまに感謝を捧げた。おれの妻の命を守り、息子を授けてくれた感謝だ。空は星で埋め尽くされていた。そのとき、決めたんだよ。赤ん坊の名はエルシアだと」

　ソームの両親は豊かな大地の名を息子に与えた。ファルドは南風だ。この世にあまねく恵みをもたらす。Kは何という名だったのだろう。やはり父親が名付けたのだろうか。Sは、Tは、少年たちの本名は何だったのだろう。知らずにここまできてしまった。

「これを……」

　ソームがそっと銃把部分を見せる。白い花が描かれていた。手のひらに隠れるほどの小ささだが、花弁一枚一枚も緑の萼もきちんと描き込まれている。あの花だ。エルシアの部屋の壁に咲き、戦場に咲いていたあの花だ。求めるように喉が鳴った。

「ちょっとだけだぞ。ちょっとだけなら触ってもいい。あんまり手を伸ばすな、馬鹿」

「ソーム、これは」

「ファルドに描いてもらった。ファルドの絵の付いた何かを持っていると死なないって、弾に当たらないって噂になってるんだ」

「ファルドを知っているのか！」

心臓が跳ね上がったようだ。ソームが首を前に倒した。

「一度だけ会った。噂を聞いて絵を描いてもらいたくて、おれがわざわざ会いに行ったんだ。一年以上前のことだ。今、どこの部隊にいるのか知らない。生きているのか死んじまったのかも知らない」

ソームは銃把の花にそっとキスをした。

「でも、こいつのおかげで、おれはまだ生きている。きっと、前線に出ても大丈夫だ。こいつがおれを守ってくれる」

「前線に送られる前に、戦いが終わればいいな」

「そうだな。できれば、おまえの処刑の前に終戦になってもらいたいよ」

風が吹いて、草が揺れる。月の位置がだいぶ傾いた。夜はまもなく明ける。まもなくだ。

「ファルドは来ると思うか、エルシア」

「そうだな……」

――ぼくがきみを救うまで、待っていて、エルシア。

あれは現の声だったのか。幻に過ぎなかったのか。

どちらでもいい。心は満たされている。きみはぼくを救う。ぼくはきみを殺さない。

何があっても。どんな状況におかれても。

「ファルドが来たら、おれはどうしたらいいんだろう」

ソームの声音が震えた。しゃがみ込み、項垂れる。

「おれは……どうしたいんだろうな。どうしたいんだろう……」

鉄格子の間から手を出しエルシアは銀色の頭髪を撫でた。

空にはまだ欠けた月がある。

ムゥトゥの季節が始まろうとしていた。

Kの欠片（かけら）

K

自分の名前を思い出せない。

以前は時折ふっと忘れる程度だったのに、このごろ、ふっと思い出す程度になってしまった。

まだ、二十年ほどしか生きていない。呆(ぼ)けるには若過ぎるとも思うが、事実だから仕方ない。

戦場では本当の名前は要らない。年齢も要らない。

要るのは、記号としての名前と戦いに耐えられ、かつ、有効に働く心身だ。

名前は要らない。年齢も要らない。むしろ、余計だ。余計なものは捨てろ。余計なものを背負い込んでいると重くて動けなくなる。戦場で思うように動けないとは、限りなく死に近づくことと同じだ。心しておけ。

教官は言った。

記憶も思い出も過去も捨てろ。捨てて身軽になれ。

教官はそうも言った。

親も兄弟も友人も捨てろ。おまえたちには不要だ。

捨てて、捨てて、捨てて、空っぽになる。それが、生き残る最も有効な方便だ。

繰り返し、教え込まれた。

空っぽになる。

何も考えなくていいし、何にも心を動かされなくていい。

敵を自分と同じ人間だと考えなくていいし、赤ん坊や幼い児の死体が転がっていても心を痛めなくていい。赤ん坊を黒焦げにし、幼い児の両足を吹き飛ばしたのが自分たちであっても、平気でいられるのだ。

とても、楽だった。

捨てて軽くなる。空っぽになる。楽になる。

なるほど、有効だ。戦場で赤ん坊の死に涙していては、とうてい生き残れない。

けれど……。

Kは足元に転がる幾つかの死体に目をやった。

黒焦げの赤ん坊、両足を付け根から吹き飛ばされた幼児、子どもを抱えたまま胸を撃ち抜かれた母親、母親に抱かれたまま頭を撃ち抜かれた子ども、痩せた老人たち……。どう見ても民間人だ。戦闘能力などほとんどない。

なのに、殺した。

殺せと命じられたからだ。

Kの母国、ベル・エイドとパウラが戦闘状態に入ったのはいつだったろうか。ついこの前だったようにも百年も昔だったようにも感じる。やはり、はっきりと思い出せないのだ。

この戦争の理由、なぜ、自分たちが戦わなければならないのかも、あやふやになってしまった。いや、最初からあやふやで曖昧で……もしかしたら、とてつもなくいいかげんなモノだったのではないだろうか。

「パウラは我々の国を脅かし、我々の暮らしを破壊し、我々を破滅させようとしている。やつらは、本来、我々のものである土地を侵略し、大地の恵みを独占するための戦いを仕掛けてきた。やつらから仕掛けてきたのだ。きみたちは、祖国を守るため、祖国の人々を守るため、命を賭して崇高な戦いに臨むのだ」

在籍していた特別武官養成学校で教え込まれた。

非は全て敵にある。

大義は我々にある。

崇高な戦いのため、その身を犠牲にして戦え。

諸君は英雄になれるのだ。

卑劣で残虐なパウラを根絶やしにする。

教え込まれた。

信じたわけではない。信じるには、あまりに独善的過ぎる。

信じたわけではない。信じたふりをしただけだ。

ベル・エイドとパウラは、曠野の西と東にそれぞれの国を建てた。千年に近い昔のことだ。明確な国境線があるわけではなく、それは時代によって僅かながら変動していた。千年の間に小さな諍い、小競り合いは幾度もあったという。死者が出たことも、砲弾が飛び交ったこともある。しかし、それはごく限られた地域の偶発的な衝突だった。戦闘ではなく事件として処理された。人と人、地域と地域が接していればいざこざはつきものだ。腕力や暴力で短絡的に決着をつけようとする者は、いつの時代にも、どこの国にもいる。国交が断絶されていたわけではないので、人や物は行き交う。一時、関係がこじれ国境が封鎖されたときでさえ、人も物も変わらず動いていた。いや、もともとベル・エイドとパウラの間に実質的な国境が存在したことなど、なかったのだ。

ベル・エイドもパウラ――かつてはハラと呼ばれていた。ハラは細工師を、パウラは毒蛇を意味した——も強国とも富国とも程遠い、小さな国だった。だからこそ、隣国と争うより友好を保ち、互いに支え合う関係であらねばならなかった。戦争は国も人も疲弊させる。弱小国家が生き延びるためには、平和が必須の条件となる。暗黙の了解となっていたそれが揺らぎ始めたのはいつからだろう。

二十年前？　十年前？　いや、ほんの数年前だ。艶黒石の産地でしかなかった岩山の地下に、希少金属の鉱脈が発見されてからではなかったか。岩山が莫大な富を生み出す宝の山に変わったとき、二国間の関係は変容していった……のではないか。

ぼんやりと考える。

日に日に、衰えていく記憶力と思考力を、それでも必死に絞り出す。岩山の採掘権を互いに主張し、己の正統性を言い募る。そんな、外交と呼ぶにはあまりに無能、あまりにお粗末な顛末の果てに、戦争はやってきた。

宣戦の布告がなされたとき、父は両手で顔を覆って叫んだ。

「神よ、なぜ、こんな過ちを我々に犯させるのですか」

穏和で冷静な父の乱れ様をKは怖れに近い心持ちで見ていた。夕食の最中で、目の前には鶏肉とハーブの蒸し物、サラダとパン、それに冷水が並べられていた。グラス一杯の水を飲み干し、父は長い長いため息を吐き出した。

「……過ちなの」

Kも水を飲み干した。父のため息は曠野を渡る風のようだった。身の内側も外側も干からびさせてしまう。

「過ちだ。戦争はどんなときだって過ちなのだ。戦争で解決できることなど何一つない。あるのは、あるのは……」

父の唇からまた一つ、吐息が零れた。

「破壊と破滅だけだ」

「父さん……」

「戦争は何ももたらさない。全てを破壊し破滅させるだけだ」

「でも、しかたないって、戦争しか方法はないって言ってた」

「誰がそんなことを」

Kは身を竦めた。父の眼が怖かったからだ。異様にぎらついて、吊り上がっている。

「歯車工場のおじさんが……。水売りのおばさんも言ってた。ハラの人たちが卑劣であくどいから、戦争も仕方ないって」

「馬鹿な」

父は言葉に苦みがあるかのように、口を歪めた。それから、テーブルの上を指差した。

「夕食はパンと鶏肉のハーブ蒸しだ」

「……うん」

「パンはパン屋で、鶏肉は肉屋で買った」

「うん。ぼくが買いに行ってくれたけど」

「そう。おまえが買いに行ってくれたんだな。ハーブは庭から採ってきた。もう何年も前におまえの母さんが植えたハーブだ」

「そうだけど、それが何か？」

「皿はどうだ。そのグラスは、このテーブルはどうやって手に入れた？」

「……ハラの人たちから買った。市場で……」

「そうだ。わたしたちはずっとハラの人々と共存してきたのだ。ずっと、ずっとだ。おまえだって知っているだろう。我々もハラも同じだ。共に生きていけるほどに同じなんだと、な」

知っている。

よく知っている。

Kはベル・エイドの東に広がる湖水地方に生まれ、育った。湧き水の豊富な地域で、地下深くから湧き出してくる水は清冽(せいれつ)で、実に美味だった。その水と水に培(つちか)われた穀物、湖で捕れる魚介類を求めて、ハラの人々がしょっちゅう訪れていた。誰もが、男も女も、大人も子どもも細い銀色の髪と深く濃い黒色の眸を持っていた。髪は日の光を浴びると、朝方の雪野原のようにきらきらと輝いて、美しい。彼ら彼女たちは、水や穀物、魚介類と引き換えに金銭を払うこともあったが、自分たちの手作りの家具、日用雑貨、工芸品、衣類、革製品そして、果物や野菜……そんな物と交換することも多かった。ベル・エイドの住人も、ハラの持ち込む品々を求め、必要としていたのだ。

国境の近くに市が立つようになったのは、Kが生まれる遥か前のことらしい。

Kもよく足を運んだ。

十の歳に母が亡くなってから、父と二人で暮らしていた。市の大学で哲学の教鞭をとる父は専門分野では博学だったが、家事に関しては無能に近く、野菜の切り方一つ、洗濯物の干し方一つ知らなかった。近くに住む叔母に助けられながら、Kは市場に通い、日々の暮らしに必要な品を購い、ハラの人々と言葉を交わした。ハラとベル・エイドの言語は二、三の語法を除いては、ほとんど違いはない。会話するのに何の支障もなかった。ときには、友人たちと市場の中を走り回り、ハラとベル・エイド両方の店主から怒鳴られたりもした。

だから、知っているのだ。

ハラ、この戦争が始まって、パウラと蔑称で呼ばれるようになった人々がどんな人たちなのか、全てではないが知っている。

言語と同じだ。

自分たちとほとんど変わらない。

むろん、髪の色は違う。眸や肌の色も違う。その他に違いはない。心優しい老女も威高な男も孤独な者も幸せに頬染める娘も、いた。卑怯者も清廉な人も、大泣きする赤子も偏屈な老人もいた。野菜売りも職人も、靴屋も雑貨屋も、医者も教師もいた。ハラにもベル・エイドにも同じようにいた。そして、人々は一日一日をそれなりに生きていた。それも同じだ。


知っているのだ。

教官の教えが間違っていることをKは知っている。理屈ではなく、心に染み込んだ感覚で知っている。父に言われるまでもなく知っている。

自分たちとほとんど変わらない。

Kはもう一度、視線を巡らせた。

身体つきも、性別も、年齢もまちまちの死者たち。生きていたときの差異は、一旦死者となれば何の意味もなくなる。

住人五十人に満たない小さな村だった。そこが、ハラのゲリラ部隊の前線基地だという情報がもたらされた。どこからどこにもたらされたのか、Kにはわからない。Kだけではないだろう。前線で闘う兵士のほとんど、あるいは全員がわかっていない。わかりたいとも望まない。そんなもの望んでも何の足しにもならないではないか。

五十人足らずの小さな村が敵の前線基地の一つだという情報に基づき、Kの所属する部隊に命令が下された。

掃討作戦だ。

その命令に従い、Kたちは村を襲い、焼き払い、逃げ惑う村人を撃ち殺した。

曠野にぽつんぽつんと点在する村の一つだ。背後に小さな山があり、ゲリラが隠れやすい。それだけだった。城壁に囲まれているわけでも、軍事施設があるわけでもない。そこを村人とほぼ同じ人数の兵士が取り囲み、一斉に砲撃した。

ひとたまりもなかった。

三十分足らずで村は壊滅し、村人の大半は焼け死ぬか、撃ち殺されるか、砲弾に吹き飛ばされる運命を辿った。中には、頭をたたき割られた者も、銃剣で突かれた者もいたけれど。

「お願い、この子だけは」

幼児を抱いた母親が懇願した。瓦礫の陰にうずくまっていたのを引きずり出された親子だった。母親は、右足の踵に深い傷を負って、動けずにいたらしい。

「この子だけは助けて。お願いします」

地面に座り込んだ母親は、まだ十分に若かった。Kとそう違わない年格好に見えた。

「まだ一つになったばかりなんです。やっと、歩き出したぐらいで」

母親は武装したベル・エイドの兵士たちを見上げ、声と身体を震わせた。必死の形相の中で黒い眸がぎらついている。

一瞬、視線が絡んだ。

Kは引き千切るように視線を外した。

「この子は銃もナイフも使えません。あなたたちの敵であるわけがないでしょう。まだやっと一歳なんです。ほんとうに小さいんです。兵士じゃありません。兵士じゃないんです」

子どもは母親の胸にしがみついていた。

男の子のようだった。泣くことすらできないのか、目を見開いている。妙に乾いた眼差しだった。腕から血を流していたが、痛いとも苦しいとも訴えていなかった。

「お願い、助けて。この子を殺さないで。この子だけは……」

母親は最後まで言い切ることができなかった。

子どもを抱いたまま横倒しに地面に転がる。

子どもは母親にしがみついたままだ。

二発目の銃声。

子どもの頭が半分吹き飛んだ。血と脳漿が飛び散る。

「確かに今は兵士じゃない」

銃を構えたまま、Yが言った。

「けど、未来はわからないさ。パウラの兵士になるかもしれないだろう。なあ、K」

Yが笑顔を向けてくる。

特別武官養成学校で一緒だった男だ。よく笑う男だった。話し上手でもあった。

「なぁK、聞いてくれ。とてつもなくおもしろい話があるんだ」

そんな台詞を前置きにして、日に何度も話しかけてきた。Yの話は〝とてつもなくおもしろい〟どころか、大半はどうということのない、つまらない類のものだった。

犬が猫に追いかけられていた。校庭の真ん中で小さな旋風が舞った。休日ごとにBは売春宿に通っているらしい、馴染みの女がいるのかもな。そんな噂話や俗談を声を潜めて語るのだ。さも、重要な秘密を打ち明けるかのように。そして、話し終えるとにんまりと笑い、「なっ、おもしろいだろう」と念を押した。

今も笑っている。母親と子どもを撃ち殺した後、昔通りの屈託のない笑みを浮かべた。

「そうだな」

とKは答えた。

こいつは、今のことを〝とてつもなくおもしろい話〟として誰彼に吹聴するのか。

ふっと思う。

「殺すことはなかったのに」

Bが舌打ちをした。KとYとBの他にも、特別武官養成学校の出身者はいた。おそらく、みな、殺された母親と同じ世代だ。

「パウラの女だぜ。見逃すわけにはいかないだろう」

Yが口元を歪める。笑みは消えて、血走った眼だけが蒼い光を放った。人を殺した直後、兵士の眼は蒼い光を放つ。そして、血の色の筋を増やしていくのだ。だから、誰一人として例外なく充血した紅い眼をしていた。

「殺すことはなかったんだ」

Bが呟く。

とっさにKは辺りを見回した。今の呟きが上官の耳に入ったら厄介だと思ったのだ。戦場で敵に対して憐憫、あるいは同情を抱いたと判断されれば、どうなる？　まさか銃殺にはなるまいが、営倉入りは確実だ。そして、次の戦闘では最前線に送られる。

B、それ以上はしゃべるな。胸に留めておけ。

Kは言葉にならない言葉を眼差しで伝えようとした。しかし、Bはまるで気付かない。しゃべり続ける。

「Yは短気すぎる。急ぐことはなかったんだ。せっかくの獲物だったのに、あっさり殺しやがって。あぁもったいねえ」

「獲物?」

Yが首を傾げる。

「そうさ。久々の若い女だったじゃないか。みんなでたっぷり楽しめたのに。むざむざ使いものにならなくしちまった。いくらおれでも、死体を相手にする気は起きない」

ちっ、ちっ、ちっ。

Bがさらに舌打ちを重ねる。

「楽しむねえ」

Yがにやっと笑んだ。白い歯の先がちらりと覗く。

「パウラの女を抱くのか」

「女は女さ。別にあそこの具合は変わりゃしないだろう。それに抱くんじゃなくて、犯すんだ。パウラの女なら何をやったって構わない。何をやったってな」

「おまえ、とうてい紳士にはなれないな」

「故郷に帰れば紳士にも好青年にもなるさ。けど、ここは戦場だ。明日の保証なんかどこにもないんだぜ。楽しむ機会があるなら楽しまないとな」

Yの表情が不意に引き締まった。うーむと低い唸りを漏らす。

「なるほど、おれは機会を一つ潰しちまったってわけか」

「そうだ。先走るにも程があるぜ、Y。短気は損気とはよく言ったもんだ。くそっ、ほんとに惜しかったな」

「悪かった、悪かった。そこまで頭が回らなかった。けど……、うん、他にもいるかもしれない。そうさ、生き残った女がいないとは言い切れないだろう」

「探すのか」

「この程度の村だ。ほとんど焼き払ってある。探すのなんてわけないさ。焼け残った建物の中か山裾の洞窟か……。そのあたりだ」

「しかし、用心しないと。敵が潜んでいる可能性があるぞ」

Bの紅い眼の中に影が走った。怯(おび)えの影だ。感情の揺らぎがBの面に年齢相応の若さを呼び戻す。それまでは薄皮一枚被ったように、年齢も感情も確(しか)とは読み取れない顔つきだったのだ。

Bだけではない。兵士たちは誰もそうだ。薄いけれど硬い皮を己に貼りつけている。意図的にではない。眼が充血し、蒼い光を放つようになると、いつのまにか薄く硬い皮を貼りつけてしまう。

みんな、そうだ。

Kは指先で自分の頬に触れてみる。

みんな、そうだ。おれも、同じだ。

「敵？　パウラの兵士のことか？　はは、いるもんかそんなもの」

Yが朗らかな声で告げた。Bが瞬き（まばたき）を繰り返す。

「しかし、この村に敵が潜伏しているとの情報があったわけだろう。だから、掃討命令が出たわけで」

「情報？　そんなもの当てになるもんか。今までだって、司令部はいいかげんな情報に振り回されて」

そこでYは口をつぐんだ。眸がうろつく。そこにも怯えが浮かんだ。敵ではなく味方を警戒し、畏れ（おそれ）ているのだ。

しゃべり過ぎた。

しゃべり過ぎ、口を滑らした。司令部への批判ととられかねない一言を漏らしてしまった。Yの顔が心なし青ざめる。幸い、他の兵士たちはYとBの会話など聞いていなかった。疲労と興奮を抱え、ある者は休息場所を、ある者はそれこそ女や食物を求めて三々五々散らばろうとしていた。

転がる死体を跨ぎ（また）、蹴散らし、踏みしだきながら、

「死傷者が一人も出なかったな」

「ああ、楽なもんだ。いつも、こうならありがたいがな」

そんな会話を交わしている。

胸を撃ち抜かれた母親も頭を吹き飛ばされた子も、死傷者の内には入らない。瓦礫の一つ、野良猫の死骸と大差ないのだ。

「いや別に……今のは深い意味があって言ったわけじゃなくて、つい……、ほ、本気じゃなかったんだ」

「わかってるさ」

BがYの背中を叩く。

「ここは戦場だぜ。仲間の一言一言に勘繰りを入れるやつなんか、いないさ。いたら、おれがぶっ飛ばしてやる」

Yが息を吐いた。

「ありがとうよ、B」

「おれたち、仲間だぜ。忘れんなよ」

「ああ……もちろんだ」

まだ血の気の戻らない顔で、Yが頷く。それから、ひょいと顎をしゃくった。

「じゃ、行くか」

「狩りに、だな」

「そうさ。他のやつも女を欲しがっている。早い者勝ちだぜ」

「後れを取るわけにはいかないって、な。よし、行こう」

Bが銃を肩に振り向く。

「K、おまえはどうする」

Kはゆっくりとかぶりを振った。

「おれは、遠慮する」

「女は要らないってか」

「それより身体を洗いたいんだ。もう何日もろくに洗ってない。痒くてたまらない」

「はは、女よりシャワーが恋しいってわけか。相変わらずだな」

どこがどういう風に相変わらずなのか、Bは言い及ばなかった。Kも尋ねなかった。

「Kは女にそそられないのさ。何てったって、テツガクシャだからな」

Yが肩を竦める。

「哲学者だって女は好きだろう。あぁ、K、おまえ男がいいのか。へへ、若い男もいるかもよ。そっちもおもしろそうじゃないか。犯すなら手伝ってやるぜ」

Bが舌先で唇を舐めた。

こんな下卑たやつだったか。

学校時代のBを思い出そうとする。

思い出せない。

記憶を呼び戻す、あるいは掘り起こす能力が極端に落ちている。

売春宿に通っていると噂があった。それは……そうだ、Yから聞いたのだ。

それだけだった。

他のことは何一つ、浮かばない。

Bはどんなやつだったか？　Yは？　Jは？　Dは？

駄目だ、全部、靄がかかっている。

Kは瞼を閉じ、額を押さえた。その仕草をどうとったのか、Bは鼻を鳴らし、踵を返した。

「行こうぜ、Y」

「ああ……、じゃあな、K。あ、この村の先に小川が流れてたぜ。おれたち、それを越えて進攻してきたんだ。あそこなら身体を洗えるんじゃないか。幅は狭いけれど、澄んだ水がけっこうな量、流れてたぜ」

「……ありがとう、Y。行ってみるよ」

「うん。でも気を付けろよ。さっきつまんないこと言っちまったけど、もしかしたら、本当にもしかしたら、敵が潜んでいるって可能性も皆無じゃないんだ」

「うん」

Yが背を向ける。滲んだ汗の染みが、背中の半分を覆っていた。

Kは一人残される。

一人、ぼんやりと佇む。

死体が転がっている。

村の広場だったのだろう、山から切り出した淡い灰色の石が敷き詰められていた。ハラの村も町も美しい。ある村は石畳の道路に、極彩色の鳥の姿が描かれ、ある町では至る所に、今にも動き出しそうな石像の鹿や犬が飾られていた。天と地の平衡を司る神や豊穣の女神の壁画もある。さすが細工師たちの国だ。

ことごとく、破壊した。

平衡の神や豊穣の女神の神話は、Kの町にも伝わっていた。寝物語に母が語ってくれたりもした。曠野の蛇の伝説も共有している。

それなのに、破壊した。

全てを瓦礫か焼け野原に変えねばならなかったのだ。

どこかで銃声が響いた。ただ一発だけ。逃げ遅れた村人がいたのか、ただ戯れに引き金を引いたのか。

Kは広場を横切ろうとした。

Yの教えてくれた小川に行ってみようと思った。澄んだ水に、身体を浸せるならありがたい。とても気持ちがいいだろう。

チカッ。

視界の隅で何かが瞬いた。

足が止まる。

何だ？　何が光ってる？

Kは屈みこみ、手を伸ばした。

笛？

小さな木の笛だった。形も大きさも呼子に近い。でも、穴が開いていて、ちゃんと七音音階が吹けるようになっている。そして、絵が描いてあった。

白い百合の絵だ。その白が光を弾き、Kの目を射た。

誰の物だろうか。

母親と幼児の遺体を振り返る。さっきまで生きていたのに、もう石ころと変わらない。夥しい血は溜りを作り、ゆっくりと地面に吸い込まれていく。

明日の朝までには乾いているだろうか。

あの母親が、あるいはあの子が、胸から下げていたのではないか。

チカッ。

また百合が光った。ここを見ろと命じているようだ。

清楚な百合だった。朝方、花弁を開いたばかりの瑞々しさを感じる。花を揺らす風までも感じる。

すごい……。

Kは手の中に笛を握り込んだ。

唐突に臭いが襲い掛かってきた。百合ではない。花の香りなどどこにもなかった。燃えて炭のようになった人の臭い、夥しい血溜りの臭い、煙の臭い、人が腐っていく臭い、建物が崩れていく臭い……。全てが混ざり合い、すさまじい悪臭となって突き刺さってくる。

戦場の臭いだ。とっくに慣れっこになって、何も感じなくなっていたはずなのに。

どうして、どうして、どうして、どうしてだ。

耐えきれずしゃがみ込む。

目が合った。

胸を撃ち抜かれた母親と、再び視線が絡んでしまった。今度は、外せない。生きていたときは漆黒(しっこく)だった眸は、灰色に褪(あ)せていた。

死ぬとは色が褪せることなのだろうか。

Kは死者の顔を覗き込み、悲鳴を上げそうになった。

目尻から涙が一筋、流れたのだ。涙は血溜りの中に吸い込まれて、消えた。

限界だった。

地面に四つん這いになり、嘔吐する。

ぐえっ、ぐえっと濁った声が耳の奥にこだまする。

自分の声だ。

笛を握ったまま、Kはその声を聞き続けていた。


Yの言ったとおりだった。

川には澄んだ水が流れていた。かなりの水量だ。小川と呼ぶには豊かで、幅も広い。

Kはのめり込むように、流れに顔をつっこんだ。

冷たい。そして、美味い。水って、こんなにも美味なものだったのか。

喉を鳴らし、水を貪る。

飲んでも飲んでも、渇きは治まらない。むしろ、募っていく。

喉を滑り胃の腑に落ちていく冷たさが、生を実感させる。

おれは生きているんだ。

しみじみと感じる。しかし、それは僅かの喜びも安堵も伴わない。ただの乾いた感覚でしかなかった。

生きるとは殺すことだ。

生き続ける限り、殺し続ける。

納得していたし、受け入れていた。殺すために生きている。戦場では当たり前のことだ。兵士にはそれより他に存在する意味はない。

わかっている。とっくに、わかっていた。それなのに、どうして、こうも渇くのか。身体が大量の水を欲しているみたいだ。

Kは流れに顔を浸けたまま、大きく口を開いた。口の中で水が渦巻く。このまま奔流となって、自分の内の澱（おり）を全て押し流して欲しい。どろどろと融け、絡まり合い、腐臭を放つ汚物、故郷を離れたときから溜り続けてきた淀（よど）みをどこかに流し去って欲しい。

いや……駄目だ。

Kは顔を上げ、左右に振った。水滴が飛び散る。

駄目だ。そんなことになったら、もう生き延びられない。

この澱があるから、この淀みのおかげで、何も感じずにいられた。子どもたちの目の前で親を叩き殺そうと、親の前で子どもを斬り殺そうと、命乞いをする老人を蹴り殺そうと、何十人、何百人の捕虜を次々と射殺しようと、無感覚でいられたのだ。それを取り払ってしまえば……どうなる？

耐えられるか？　正気でいられるか？　正気？　それも違うな。狂気だ。狂気を保っていられるか、だ。

声が回る。頭の中を旋回し、あちこちにぶつかり反響する。頭の芯が鈍く疼（うず）いた。

こいつのせいだ。

軍服のポケットから、笛を取り出す。白い百合がまた光り、目に染みた。水に濡れて、さらに艶（つや）やかさを増している。

流れに向かい、笛を放った。

小さな笛は小さな水飛沫（しぶき）をあげて、川の真ん中あたりに落ちた。そのまま沈んでしまうのか、どこかに流されていくのか。どちらにしても、もう二度と見なくてすむ。

Kは大きく息を吐き出した。

渇きはいつの間にか治まっていた。

髪の先から垂れる滴が、肩を濡らしている。

辺りは静かだった。

人の気配も物音もしない。枝を飛び交う鳥の影と鳴き交わす声だけが耳に届いてくる。雲の切れ間から光が差し込み、河原の石を白っぽく照らす。中には青い縞（しま）模様の小石も交ざっていた。拾い上げてみる。よく似ていると思った。

故郷の町の河原にも、こんな青い石がたくさん転がっていた。もしかしたら、源流は同じなのかもしれない。

Kは座り込み、空からの光に石をかざしてみる。

くすんだ青い縞が幾筋も走っている。目を凝らすと、筋の中に白い小さな斑（ぶち）がたくさんあった。柔らかな布で丁寧に根気よく磨くと、石の青は底光りして、斑の白が輝き出す。磨き上げた赤ん坊のこぶし大の石を、母の誕生日に贈った。誰かに贈り物をした最も古い記憶だ。

「まあ、何てすてきな贈り物でしょ。ありがとう、嬉（うれ）しい」

母は満面の笑みを浮かべ、抱き締めてくれた。搾りたての牛乳の、微（かす）かに甘い匂いがした。

あの石はどこに行っただろう。

母の葬儀のとき、叔母が棺に納めると言っていたが、本当にそうしただろうか。そうなら、骨になった母の傍らにまだあるのだろうか。土の中では底光りも輝きも失せてしまう。

石から流れに視線を移す。

水面で弾かれた光が、金色の粒になる。無数の光の粒がうねる様は、金色の蛇が躍っているみたいだ。

ああ、この風景も故郷とそっくりだ。

Kはまた、長い息を吐き出した。

母が亡くなり、父と二人だけの暮らしが始まった。淋しくはあったが、不自由はなかった。

近くに住む叔母がなにくれとなく面倒を見てくれたし、K自身も家庭の仕事、掃除、洗濯、料理にこまごました雑事が嫌いではなかったから、十歳なりにやれることをやった。

「すごいじゃない。こんなに上手にオムレツを作れる十歳児なんて、この町にはあなたしかいないわよ」

母とよく似た顔立ちの叔母が、大げさに感嘆してくれた。母を亡くした甥っ子を励ますつもりだったと今ならわかる。でも、十歳のKはただ得意だった。炒めた玉葱とトマトと鶏肉を玉子で包んだだけの一品が、豪華な料理のように思えた。父も、そう言ったのだ。

「すごいな。すてきなご馳走だ。こんな美味いオムレツ、母さんでも作れなかったぞ」

最大級の称賛を口にしながら、炒め過ぎた玉葱やぱりぱりに焼けた玉子をきれいにたいらげてくれた。

父はそういう性質だった。

他人を傷つけることを極端に嫌う。実際の行動はもちろん、些細な言葉でも他人を傷つけるのだと、事あるごとに息子を諭した。

哲学の教師だったが、幼いKの「テツガクって何?」という質問に真顔で、「人を知り、人に学び、人を幸せにするための学問だ」と答えるような人だった。

「人はどうやったら幸せになれるの」

もう少し大きくなってから——たぶん、母が亡くなる少し前だった——、問うたこともある。

「幸せか……そうだな」

父は手元にあったメモ用紙の上に大小の丸を一つずつ、書いた。それから、息子の顔を覗き込む。

「この丸は個人だ。個人ってわかるか」

「うん。一人一人ってことでしょ」

「そうだ。ちゃんとわかっているんだな」

丸眼鏡の奥で目が笑う。長身ではあるが痩せて、静かな佇いの父は、微笑むとさらに静かで温和な雰囲気をまとった。幼い日々の記憶には、父の怒鳴り声も荒々しい形相も刻まれていない。

幼い日々の記憶には……。

「一人一人、個人によって幸せは違ってくる。例えば」

父は卓上の皿から、葡萄を摘み上げた。今朝、市場で、肉や卵と一緒に購ってきた一房だ。

熟れた果物の芳醇な香りが、鼻腔を刺激する。

父は一粒、房からちぎりKの口の中に入れた。

「どうだ？」

「うん。美味しい。すごく美味しい」

「おまえは、果物の中で葡萄が一番、好きだからな。しかも、これはハラの葡萄だ。と
びっきりの美味さだろう」

「皮まで食べられる。最高だ」

「そうさ、おまえはこの葡萄を食べて最高に美味しいと感じた。そんな美味い物が食べ
られるのは、幸せだ。今、おまえはささやかだけれど幸せだろう」

「うん」

「しかし、これがマーサ叔母さんならどうだ？」

叔母の顔が浮かぶ。小さいとき、葡萄を喉に詰まらせてあやうく死にかけたとかで、
叔母は葡萄が嫌いだった。葡萄酒は飲むくせに、実は摘むのも嫌だとか。

「口の中に葡萄なんか入れられたら、吐き出すかもしれんぞ」

「きっと、吐き出すよ。それで、口に入れた人の頭を思いっきり、ぶつと思うな」

はははははと、父が笑った。

「そうだ。そうだ。それくらいはやるだろうな」

「やるさ。葡萄が大嫌いだもの。市場でも、葡萄売りのおじいさんの前だけ横を向いて、通り過ぎるんだから」

「ほう、そこまで徹底してるのか」

「うん。この前なんか、葡萄売りのおじいさんが、ぼくに『わしは、あのご婦人に何か失礼をしただろうかね。いつも、わしを避けているようだが』って、尋ねたんだよ。ハラの人だったけど、すごく悲しそうだった」

「ハラの西部地方の人だろうな。あそこは良い葡萄が採れる。で、おまえはちゃんと答えてあげたかい」

「うん、『あの人はぼくの叔母さんで、おじいさんが嫌いなんじゃなくて、葡萄が嫌いなだけだよ』って、教えてあげた。おじいさん『葡萄が嫌われるのは、自分が嫌われるより辛いね』って、悲しそうな顔のままだったんだ。だから『ぼくは、果物の中で葡萄が一番好き』って言った。本当のことだ。本当のことだもの」

「そうだな。本当のことだ。真実はどんなときも大切だ」

「葡萄をくれたんだよ」

「そのおじいさんが？」

「うん。『ありがとう。ハラの最高の葡萄を味わってくれ』って、小さな房を一つくれた。すごく甘かった」

　ああと父は頷いた。

「この前、おまえがデザートに出してくれたやつだな。あれは、確かに美味しかった。そうか、いい人だな、そのおじいさん」

「うん」

　父の手が頭に乗る。温かかった。

「葡萄はおまえに幸せをくれた。美味しさと人の結びつきを与えてくれたんだ。おまえを幸せにしてくれた」

「うん」

「けれど、叔母さんには嫌な思い出でしかない。見るのも嫌な代物になっているんだ。これは不幸なことだ。同じ葡萄なのに」

　もう一粒、父が葡萄を差し出した。濃い紫の果実は艶やかで美しい。これも、あの葡萄売りの老人から買った。銅貨一枚で三房も袋に詰めてくれた。

「友情の証さ」

　老人は悪戯っぽく笑い、片目をつぶったのだ。

　父は背後に手を回し、部屋の中をゆっくりと歩き回り始めた。

「葡萄は変わらない。何も変わらない。けれど、人によって幸せの因にも不幸の因にもなる。個人個人、その人その人によって、幸せの形は違う。幸せと感じるものも違う。ときには真反対になることだってある」

口調も仕草も、講義をしているときのものだ。Kは椅子に座り、歩き回る父を視線だけで追った。

「大切なのは、重要なのは、認めることだ。自分とは違う幸せが他人にはあるということをな。認め、尊重する。この世に絶対的な幸せなんてない。みんな、それぞれさ。父さんとおまえの幸せだって、重なっているところは多いが、全て一緒じゃない。全ての人間に通用する幸せなんて、あるわけがないんだ。正義もそうだ。あらゆる人にとっての正義はない。そこを覚えておくんだ」

父の指が大きな丸を押さえた。ペンを握り、丸をさらにひとまわり大きくしていく。小さな丸はその中に呑み込まれていった。

「大きな幸せ、大きな正義が力を持てば、こうなる。小さな丸、わたしたち個々の幸せや正義はみんな呑み込まれて……」

ペンが動く。黒い線で丸の中を塗り潰していく。小さな丸は線に掻き消されてしまった。

「消えてしまう。おまえの幸せ、父さんの幸せ、叔母さんの幸せ、葡萄売りのおじいさんの幸せ。みんな一色に染められて、個なんてどこにもない。恐ろしいと思わないか」

Kは身体を震わせた。

愉快で温かな心持ちが萎んでいく。代わりに、冷たい恐怖が背中を這い回り始めた。

怖い。

黒一色の丸も、父の暗い口調も怖い。

「……そんなことになるの」

唾を呑み込み、震えを抑え、問うてみる。

否定して欲しい。「今のは少し言い過ぎだな」と笑って欲しい。

しかし、父は表情を強張らせたままだった。さっきまでの、微笑みはどこに行ったのだろう、小さな丸と共に、塗り潰されたみたいだ。

あのとき、父は既に戦争の足音を聞いていたのかもと、Kは思う。いや、父でなくても、少し敏い耳を持つ者なら微かに、しかし確実に近づいてくる音を捉えていたはずだ。子どものKでさえ、感じていた。

耳でなく肌で、ぞわぞわと粟立つ気配を感じ取っていたのだ。

微かであったはずの気配が、足音が、はっきりと現のものになるまでに、それから三月とかからなかった。

市場が閉鎖された。

ハラの店は全て撤去され、ハラの業者は一人残らず消えた。

あの葡萄売りの老人もそうだ。そのころは葡萄の盛りも終わり、小さな瓜を主に売っていた。

叔母は瓜が好物の一つだったし、ムゥトゥの季節の前に瓜をたっぷり食べておけば病に罹らないとの言い伝えを頑なに信じてもいたから、Kは頼まれ、しょっちゅう瓜を買いに老人の店に出向いた。むろん、嫌ではない。テントで囲い売り台を設けただけの、簡素な店先を覗くたびに、老人は「よう、親友」と声をかけてくれた。そして、とりとめのない言葉を交わす。葡萄について、葡萄を好む人について、葡萄の栽培について、老人はよくしゃべり、その饒舌がKには楽しくもおもしろくもあったのだ。

その日も瓜や土の付いた根野菜が並ぶ店先にKは座り込んだ。老人が椅子を出してくれた。

「おじいさん、葡萄だけじゃなくて、いろんなものを売るんだね」

「そうだな。いろんなものを売らないと暮らしていけないからな。まあ、正直、瓜は葡萄ほど美味くない。裏の畑で娘と女房がちょこちょこと作っている程度だからな。その点、葡萄はすごいぞ。わしの家の周りは全て、葡萄の畑だ」

老人が胸を張る。

「おじいさんに奥さんや娘さんがいるの」

葡萄畑よりそちらに驚いた。

　老人は痩せて、蝸牛のような形状の丸い帽子を被り、皺が深く、百歳だと告げられても納得しそうだった。

「いるさ。当たり前だ。娘はムゥトゥの季節が終わるころ、嫁に行くんだ。同じ葡萄農家の男のところにな」

「ええっ」

「おいおい、そんなに驚くことかね」

「だって……」

「嫁入り前の娘がいるようには見えなかったって？」

「うん。ごめんなさい。もっと、すごいおじいさんかと思ってた」

　Kが素直に謝ると、老人は大笑した。

「あっはははは。そうなんだ。わしはいつも、えらく老けて見られるんだ。ずっと太陽の下で働いてきたからな。知ってるかい、親友。太陽の下で働くと老けるけれどずっと正直者でいられる。月の下で動くやつは老けないかわりに狡猾になるって話」

「知らない。それ、ハラの格言なの」

「いや、死んだ親父の遺言だ。だから、おまえは太陽の下でずっと正直に生きろってな」

「お父さんの遺言を守ってるんだ」

「そうとも。そして、娘も太陽の下の正直者のところに嫁いでいく。めでたいだろう」

「うん。おめでとう、おじいさん」

「ありがとうよ、親友」

Kは瓜を三個、買って、老人と別れた。別れ際に、老人が今度、瓜が売れ残ったら届けてやるよと言った。

「持って帰ってもしかたないからな。女房に怒鳴られるだけさ。玄関前に置いといてやる。番地を教えてくれ」

「西通り三の十一だよ。赤いレンガの壁の家。すぐわかると思う。でも、おじいさんの瓜、売れ残ったりするの」

Kの目にも、老人の店はそこそこ流行(はや)っているように映った。朝採りの新鮮な野菜や果物は評判がいい。

「めったにないね。でも、人生、何が起こるかわからんだろう。楽しみに待ってな。もっとも、瓜の季節もそろそろ終わりだが」

「ムゥトゥの季節になるね」

「そうさ。わしの小さな親友にムゥトゥのお慈悲を」

「おじいさんと瓜と葡萄にも、お慈悲を」

二人は顔を見合わせ、笑い、じゃあねと互いに手を振った。

それっきりだった。

翌々日、市場は閉鎖されたのだ。

中央政府から役人と兵士がわざわざ派遣され、瞬く間に市場の出入り口に黄色いロープを張り巡らせたのだ。そればかりか、銃を手にした数人の兵士まで配置した。

市場の大半は、葡萄売りの老人のものと大差ないテント張りの粗末な店だった。ハラもベル・エイドの人たちも、入り交じって売り買いをしていた。食料品が主だったが、日用雑貨や衣料品、嗜好品を売る店もたくさんあった。町の中心部にある大手の大規模店より、二割方商品が安く、質が良く、新鮮だったから、地元の人々にとってなくてはならない場所となっていたのだ。

それが、一晩で消えた。

市場が撤去されると聞いて、Kは走った。

「待って、わたしも行く」

背後で叔母が叫んだけれど、振り向かなかった。全速力で走り、息を切らしながら市場の前まで辿り着いた。そこは、もうかつて市場だった場所でしかなかった。

おじいさん……。

視線で、葡萄売りの店を探す。

わからない。

市場だった場所にはロープが張られ、兵士が立つ。その後ろには、瓦礫の山ができていた。テントや屋台の破片、野菜や魚や服飾品、かつて商品であった物たちが土に塗れて、うずたかく積まれている。

瓜が見えた。

緑色の楕円形の瓜だ。

それがたった一つ、道の端に転がっている。静かな抗議者のように、転がっている。

ぐしゃっ。

兵士の軍靴が、瓜を踏み砕いた。汁が飛び散り、甘い匂いが漂う。

「まあ……どうして……」

叔母が横に並び、呟いた。喘いでいるからか、驚きのあまりなのか言葉が途切れてしまう。

「どうして……こんなことに……」

どうしてだろう。

Kは唇を噛む。

ざわざわと粟立つ気配はあった。子どものKはそれを感じていたし、父はもっとはっきりと具体的に捉えていたはずだ。

数カ月前、学校で配られた副読本には、ベル・エイドの民は神の子だと書かれていた。ハラの民はベル・エイドの民の荷役のために、沼の土をこねて創られたとも。

あくまで神話として語り継がれていると但書(ただしがき)はついていたが、ハラに対するベル・エイドの優位性をあからさまにしていた。

Kは知らなかったが、三年前にも同じ副読本が配られたらしい。そのときは、ハラからの抗議だけでなく、ベル・エイド側からも批判と非難の声が上がった。「そんな神話、聞いたこともない」、「あまりに独善主義だ」、「歪んだ認識を子どもに押し付けてはならない」、「外交問題にまでなるぞ。しかも、これは明らかにベル・エイドに非があるじゃないか」、「愚かの極みだ。教育相は何を考えている」。あらゆる分野で抗議行動が起こり、政府も副読本を回収せざるをえなかったばかりか、当時の教育相と文化審議官長を更迭(こうてつ)して事の鎮静化を図らねばならなかった。

そのとき声を上げた知識人の一人が父であったことを、Kは後に知ることになる。とても皮肉な形で。

今度は、どこからも声が上がらなかった。いや、父たち知識人や、研究者、教育者のグループなど一部から抗議の声明は出されたが、三年前のような広がりにはならなかった。マスコミもほとんど騒がず、批判記事を載せることもニュース番組でコメントすることも一切なかった。何よりベル・エイドの住人たちが無関心をきめこんだ。自分たちには関わりないこととして知らぬ振りをしたのだ。

抹殺。

そんな言葉が浮かぶほど、完全な無視だった。

あれもこれも、〝こんなこと〟に繋がる異変だったのだろうか。では〝こんなこと〟はどこに繋がるのか。

Kの通う学校では、大々的な教師の入れ替えが行われた。学校長を含め三分の二の教師が学校を去り、新たな教師が赴任してきた。

「わたしたちは神の末裔なのです。それを誇りに頑張りましょう。ベル・エイドを神の国にふさわしい所に高めるのです。わたしとみなさんの力で精一杯、いい国に、むろん、今でもすばらしい所だけれど、さらにすばらしい、強い、豊かな国にしましょう。そのために、共に努力しましょうね」

新たに赴任してきた担任は、若く美しい女性の教師だった。整った口元に笑みを浮かべ、そう挨拶した。

副読本は、いつのまにか主要教科書となり、誇り高いベル・エイドの歴史を、Kたちは毎日のように教え込まれた。

そんな日々の中で市場は閉鎖された。

Kの住む町だけではない。ベル・エイドのあちこちで市場は閉鎖、撤去され、ハラの商売人の姿が消えた。

やはり、誰も何も言わなかった。

「市場がなくなったら、不便だわ。どうして閉鎖なんてしたのよ」叔母が一度だけ呟いた。Kが聞いた抗議の声はそれだけだった。

　誰もが沈黙する。

　ベル・エイドの人々は、教科書が変わった後も市場が閉鎖された後も、変わらず暮らしているようだった。

　日々に何の変化もない。

「ハラからの品物が入らなくなったけれど、別にたいしたことじゃない。代わりはいくらでもあるさ」

「そうそう、いくらでもある。むしろ困るのは、ハラの方じゃないか。貧しいからな。現金収入が途絶えるのは応(こた)えるだろうよ」

「なるほど。まあ、おれたちには何の関係もないさ」

「そうだな」

　大人たちの会話が耳に入ってくる。

　本当だろうか？

　代わりとやらは、どこにあるのだ？

　何の関係もないことなのか？

　市場が消えたことで、人々は国と大手資本が提携して経営する商業施設で買い物をせざるをえなくなった。

「むちゃくちゃ高いの。市場の三倍。急に値上げしちゃって、信じられない値段よ」

叔母が悲鳴を上げた。続いて、

「しかも、品物の質が悪くて。牛乳なんて水っぽくて飲めやしない。果物も野菜も、干からびてたりカビが生えてたり、さんざんよ。肉だって、市場の物と比べると質が悪くて、やたら脂っぽいだけ」

と不平をぶちまける。

「でも、他に買える店はないでしょ」

Kは不満顔の叔母を見上げる。

叔母は庭の隅で小さな畑を作っていたが、貧弱な芋や野菜が採れるだけで、三つになったばかりの双子の娘と夫の四人家族の口を賄(まかな)うことは、とうていできない。肉や魚となると購入するしかなかった。食料品だけでなく、衣料品も嗜好品も化粧品や薬まで、商業施設内の店に頼るしかなくなっていたのだ。

「そうね……ないわ」

叔母がため息を吐(つ)く。

「口惜(くや)しいけど、気に入らない品でも、買うしかないの。ほんと、腹立たしいったらありゃしない」

腹立ちを表すように叔母は床を踏み鳴らした。そっくりな顔つきの双子が怯えたように身体を寄せ合い、母親を見上げる。

「そのためなのかな」

ほろっと言葉が漏れた。

「え？」

叔母の目が瞬きする。

「あの施設に客を集めるために、市場を閉鎖したのかなって……」

「まさか」

叔母が苦笑する。

「それは幾らなんでも、考え過ぎよ」

「じゃあ何で市場を閉鎖なんかしちゃったのさ。しかもあんな強引なやり方で」

「そりゃあ……ハラの人たちが出入りしてたからでしょ」

「ハラの人たちが出入りしちゃあいけなかったの」

うーんと叔母は唸った。それから、ちらりと棚に目をやった。

美しく彩色された皿が飾られていた。

淡い青、薄紫、藍（あい）、茄子紺（なすこん）。四色に色分けされた空が描かれている。空だとわかるのは、やや右寄りの上側に僅かに欠けた月が浮かんでいるからだ。

ムゥトゥの月だった。

もう何年も前に、叔母は市場でこの皿に出会い、一目惚(ひとめぼ)れして買い求めた。皿にムゥトゥの月を描いたのは、むろん、ハラだ。

「ハラの人たちを追い出しちゃったら、あんなすばらしい物、もう二度と手に入らなくなるのよねえ」

ため息を漏らす。

それから、ゆっくりと語り始めた。

美しい皿に一目惚れしたときの話だ。前にも一度聞いていたが、Kは静かに耳を傾けた。

「あれはわたしがお嫁に行く前、娘のときに買ったの。ええ、市場でね。見慣れない男の人だった。その人が市場の外れで白い皿に絵付けをしていたの。この皿を見たとたん、わたし、あんまりすてきで動けなくなっちゃったのよ。ずっと見詰めてたら、自分がムゥトゥの月と一緒に浮かんでるみたいな気分になっちゃって。気が付いたら、お皿を抱えてしゃがみ込んでたわ。はは、一つ間違ったら、泥棒かと思われちゃうわね、でも、それくらい心を惹(ひ)かれたの。でも、その男の人が変わってて。にこにこ笑いながら黙ってわたしを見てるの。ほんと、変わった人だった」

がっしりした体軀(たいく)の男で、自分は商売人ではなく絵師だと告げた。曠野(こうや)をあちこち旅しながら絵を描いていると。この皿の絵は、曠野で見た月を描いたのだと。

「小さな男の子が傍らにしゃがんでた。大きな眸の愛らしい子よ。その子がわたしを見てにこっと笑ってくれた。吸い込まれそうなほど魅力的な笑顔だったわ。それで、わたしも笑い返したの。なぜだか心がすうっと晴れて、軽くなったのを覚えてる。それから、持っていたお金を全部、男の人の前に置いたの。『これだけしかないけど、これで売ってちょうだい。絶対、売ってちょうだい。そうしないと、このお皿割っちゃうわ』って頼んだの」

「頼んだんじゃなくて、脅したんだよ。叔母さん、そういうの普通は脅迫って言うんだ」

甥の指摘に、叔母は顎を上げた。

「いいの。脅迫でも、強請(ゆすり)でも構わないの。わたしは、このお皿が欲しくてたまらなかったんですもの」

「その男の人、売ってくれたんだね」

「そうよ」

「叔母さんの脅しが効いたんだ」

「わたしの情熱にほだされたの。この金額で十分だよって銅貨を一枚、返してくれたわ。それで、このお皿はわたしの物になったの」

皿は叔母の物になり、嫁入り道具の一つとなり、この家の棚に飾られている。

Kには絵心も才能もなかったが、叔母が惹かれた想いはわかる。

深い美しさ。

皿の上のムゥトゥの月には、深い美しさと……深い美しさと何だろう。ただ美しいだけでなく……淋しい？ 哀しい？ よくわからないけれど、密やかな孤独や諦念や絶望までも綯交ぜになっている気がした。Kはまだ子どもで、孤独も諦念も絶望も知らなかったのに、言葉すら知らなかったのに、感じた。

美しさの底に静かに横たわる孤独、諦念、絶望。そして、希望だ。

Kは僅かに欠けた月に目を凝らす。

冴え冴えと輝いている。

地上は描かれていないけれど、空の下にある樹木も家も町も人々も人々の営みも、月の光は淡く照らし出しているに違いない。

生きていてもいいのだと思える。

あの葡萄売りの老人は、月の下で動く者は狡猾だと言ったが、皿に描かれた月はその狡猾ささえ許してくれるようだ。

生きていてもいいんだ。

Kは軽く、こぶしを握った。

どうして、今、そんなことを思うのか自分でも不思議だった。皿は、そこにあるのが当たり前になるほど長い時間、棚に飾られていた。叔母の家の他の家具、古いテーブルや取っ手に精緻な文様が彫りつけてある箪笥（これもハラの職人の作だ。よく似た家具が母の遺品としてKの家にもある）、色が褪せ始めたカーテンなどと同様に見慣れた光景の中の一片に過ぎない。今更、気を惹かれるわけがない。なのに、惹かれた。

しみじみと眺め、心を揺さぶられた。

なぜだろう。なぜ……。

「このお皿、仕舞っておくわ」

叔母がそっと、青い皿を持ち上げた。

「箱に入れて屋根裏にでも仕舞っておく。壊したりしたら目も当てられないものね。もしかしたら、もう二度と……ハラの人たちから品物を買うこと、できなくなるかもしれないし……」

「叔母さん、そう思ってるの」

「うーん、どうかな。もしかしたら、そうなるかもって思っただけ。でも、正直、どうして市場を閉鎖しなくちゃいけないのか、ハラの人たちを追い出しちゃうのかわからないの」

叔母は戸惑いを素直に口にした。

「わたしたち、上手くやっていたと思うんだけどねえ。中央政府の偉い人たちって何を考えてるのかしら。まっ、でも」

そこで、叔母は晴れやかに笑った。

「どうにかなるものよ。くよくよ考えててもしかたないものね。そうよ、きっと、何もかもうまくいくわ。時間はかかるかもしれないけれど、元通りになるはず」

「元通りって、市場がまた再開されるってこと？」

「そうよ。元通り。ハラもベル・エイドの人たちも一緒になって売ったり買ったり、食べたり飲んだり、できるようになるわ」

「誰が元に戻すの」

「え？」

「誰が市場を再開させるの？ ハラの人たちを呼び戻すの？ 叔母さんがやるの？」

「わたし？ わたしにそんな大層なことできるわけがないでしょ」

双子を産んでから急に肥えてきた叔母は、二重になった顎を左右に振った。

「じゃ、誰？」

「そりゃあ……」

暫く黙り込み、叔母は肩を竦めた。

「誰かでしょ。政治家とか軍人とか、そういう偉い人たちよ」

「でも、そういう人たちが市場を閉鎖しちゃったんだよ」

「閉鎖したんだから、再開だってできるんじゃない」

そこで叔母は屈みこみ、Kの鼻を軽く摘んだ。

「あんたもお父さん似ね。あれこれ、難しいことを考えて、心配ばかり。暗い顔してため息を吐いたって、どうにもならないわよ。世の中ってのはなるようにしかならないの。そして、たいていは、まあ、上手く収まるものよ。ええ、そうよ。市場もわたしたちの暮らしも、きっと、元通りになるわ」

くすくす。

叔母が陽気に笑う。

気弱で心配性だった母と、本当に血の繋がった姉妹なのかと首を捻るほど、叔母は大らかで楽天的な性質だった。そういう叔母が大好きだった。叔母のおかげで、母のいない日々、父と二人暮らしの暗さがずい分と緩和された。叔母がいなかったら、こんなにも朗らかに笑うことはできなかっただろう。

でも、今は不安だ。

叔母の拘りのなさが、思考することを忌避する態度が、根拠なく何とかなると言い切る明るさが不安だ。

叔母は皿を片付けた。

布で丁寧に包み、木の箱に仕舞った。

棚が淋しい。たった一枚の皿がなくなっただけなのに、妙にがらんと侘しく見える。

その夜、夕食の卓でKは、父に市場の様子と叔母が皿を片付けたことを知らせた。

「そうか」と父は頷き、スープをすすった。それから、Kを見詰めた。

「……とうとう、ここまで来てしまったか」

眼鏡を外し、重いため息を一つ、吐き出す。

「どうして止められなかったのか」

「父さん」

「市場だけじゃないんだ」

「は？」

「学生たちもそうなんだ。ハラの学生たちが、大学から追われている。学業の途中であろうと、ハラの学生はみんな退学して故郷に帰るように、勧告があった」

「そんな。大学側はそれを受け入れたの」

「受け入れなければ、学校自体を取り潰されるかもしれない。取り潰されないまでも、国からの補助金は全て止められてしまうだろう。そうなると、結局……、運営はなりたたなくなる。それに」

もう一つ、さっきよりさらに重いため息を漏らした。

「国はどうやら芸術系の学問を、教育現場から排除するつもりらしい」

「え、まさか」

「来年から芸術科のある学校には一切、予算はつけないそうだ。まだ公にはなっていないが、来月にも正式に通達されるだろう」

芸術系の学科にはハラの学生が大勢、学んでいた。もともと芸術的な才能に恵まれた民だ。

「このまま手を拱いていては、文学、哲学の分野も危ない。無用なものとして、潰されてしまう。しかし……」

父の顔がくしゃりと歪んだ。

「とうとうここまで来てしまった。政府は本気でハラと戦争を始めるつもりだ。そのための準備を着々と進めている」

「戦争！」

手からスプーンが滑った。

ジャガイモとキャベツのスープの中に、落ちる。スープが四方に飛び散って、テーブルを汚した。

父は何も言わなかった。広がっていくスープの染みだけを凝視している。

「父さん、戦争なんて、嘘だろ。嫌だよ、そんなの。嫌だ」

戦争がどんなものか、ほとんど知識はない。でも嫌だ。

殺し合いだと思う。

そこに正しいものも美しいものも気高いものもない。

狼が獲物を取り合って争うよりもっと、醜悪で残酷な殺し合いがあるだけだ。

それを父から教わった。

その父が項垂(うなだ)れて、苦し気に息を乱している。掠(かす)れた声が、唇から漏れた。

「……ができるそうだ」

「え？　何ができるって」

身を乗り出す。スープがまた、零れた。

「特別武官養成学校」

「トクベツブカンヨウセイ……。何それ？」

「十代前半の少年たちを兵士に速成するための機関だ。表向きは教育機関で大学に準じるとなっているが、とんでもない。全国から少年を集めて、手っ取り早く一人前の兵士に仕立て上げる場所が教育機関であるわけがない」

「そんなものができるの……」

ぞくっ。

背筋に悪寒が走った。

十代前半。まさに、これから自分が踏み込む年代ではないか。

ぼくに関わってくるんだ。

戦争がぼくに纏（まと）わりついてくる。現実になってしまう。

ぞくり、ぞくり、ぞくり。

悪寒が止まらない。指先が震える。泣きそうになる。

父さん、嫌だ。怖いよ。すごく怖い。

父が顔を上げた。手が伸びて、Kの肩を摑（つか）んだ。

「大丈夫だ」

落ち着いた低い声が耳に滑り込んできた。

「おまえは父さんが守る。絶対に、戦争に巻き込んだりしない」

「……ほんとに」

「本当だ。どんなことがあっても守るから、安心しなさい」

父の一言一言は、強靭で揺らぎがなかった。少なくともKにはそう感じられる。

ほっと息が吐けた。

背中の悪寒が嘘のように消えてしまう。

その夜、夢を見た。

母の夢だ。亡くなったのは心臓の病のせいだったが、夢の中の母は健康そのもので、長いスカートを翻（ひるがえ）して踊っていた。

「母さん、そんなに動いて大丈夫？」

「平気。病気はすっかりよくなったの。駆けっこだってできるわ。ほら、一緒に走りましょう」

不意に母が走り出す。

草原だった。緑色の短い草が風にそよいでいる。その風に髪をなびかせて、母は勢いよく走り続ける。

「母さん、待ってよ。母さん」

「早くいらっしゃい。走るってこんなに気持ちがよかったのね。もっと、もっと走りたいわ。どこまでもね」

母が笑う。風が柔らかな笑い声を遠くにさらっていく。

「母さん！」

Kは息を呑み、足を止めた。

母の向こうで、兵士たちが銃を構えている。市場の前に立っていた兵士たちによく似ていた。ただ、ずらりと並んだ兵士たちは、みなのっぺらぼうだ。顔がない。

のっぺらぼうの兵士は銃口をぴたりと母に向けたまま、微動だにしない。その足元に無数の瓜と葡萄が落ちていた。

「前へ！」

どこからか号令がかかる。

兵士たちが瓜と葡萄を踏み潰した。

「母さん、逃げて。危ない、撃たれる！」

叫ぶ。母は止まらない。風にスカートの裾がはためく。

「撃て！」

銃声が響いた。

「母さん！」

目を開ける。

自分の寝室、自分のベッドの上だった。

汗で身体中が濡れている。喉がたまらなく渇いていた。

嫌な夢だ……。とても嫌な夢だった。心臓がまだどきどきしてる。

Kは起き上がり、ベッドから降りた。

台所でグラス一杯の水を飲み干すと、少し気持ちが落ち着いた。

戦争の話なんて聞いたから、嫌な夢を見たんだ。それだけだ。

怯えることなんてない。怖がることもない。大丈夫、ぼくには父さんがいる。ただ……。ただ、あの銃声はリアルだった。とても、生々しかった。

パーン。

突然、乾いた音がぶつかってきた。遠い。でも、あの音は……。

Kはグラスを握りしめた。

銃声ではなかっただろうか。

耳を澄ます。何も聞こえない。夜は静かだ。

水を飲んだばかりなのに、口の中が妙に乾燥している。舌がひりひりするほどだ。

Kは玄関の扉を開け、闇の中でもう一度耳に注意を集中してみた。やはり、静かだ。

雲が出ているのか、空はただ黒いだけだった。

あ……。

扉の横に何か黒い塊がある。甘い香りがした。

瓜だった。

小振りの瓜が二つ置いてある。

まさか、おじいさんが届けてくれた？　あの約束を果たそうとここまで来てくれた？

Kは瓜を抱え、玄関先に立ち尽くしていた。

ハラの男が市場近くの路上で射殺されたと聞いたのは、翌日の朝だった。町への出入りを禁止されたにもかかわらず、夜半に市街地をうろついていたとか。

その男が誰なのか、Kは確かめようとはしなかった。確かめたくなかったのだ。

瓜は驚くほど甘く、瑞々しかった。けれど、その後、Kは二度と瓜も葡萄も食べられなくなった。食べようとすると吐き気を覚える。そして、胸が締め付けられ、呻くような痛みを覚えた。

市場がなくなり、老人の姿が消えてから、半年もしないうちに、父が逮捕された。早朝、家の中に踏み込んできた兵士に連行されたのだ。

覚悟していたのか、父はほとんど抗いもせず軍のジープに乗り込んだ。

「大丈夫だ。きっと帰ってくる。こんなことが、いつまでも続くわけがない」

ジープに乗る直前、振り向き、父は息子に告げた。

「帰ってくるから、待っていてくれ」

石畳の道をジープが遠ざかる。

Kは一人、残された。

叔母が駆け付けて、泣きながら抱き締めてくれた。

「お義兄さん……目を付けられていたのよ。副読本の騒ぎのとき、反対声明を出したりしたから……グループの中心にいたから……。どうして、子どもがいるのにどうして、もっと自重してくれなかったの……。気を付けてって、何度も頼んだのに……。あれほど、言ったのに……。この子はどうなるのよ」

Kは涙に濡れた叔母の横顔に目をやった。

叔母が今、非難しているのは父を連れ去った軍部ではなく連れ去られた父の方なのだ。

おかしい。変だ。

ジープの消えた街角を見る。痩せた赤犬が一匹、座っていた。

叔母は、叔母の家で一緒に暮らそうと申し出てくれたが、Kは断った。「待っていてくれ」と父は言ったのだ。それなら、待たねばならない。

Kは唇を噛みしめ、こぶしを握り、生まれ育った家に一人とどまった。叔母が以前にもまして世話をやいてくれたし、近所の人々も不親切ではなかった。

「おまえの親父、国に歯向かったんだってな。この大変なときに、よくもそんな真似ができたもんだ。愛国心を持ち合わせてないのか」

家の前を掃除していたら、中年の男に怒鳴られたことがある。微かに酒の臭いを漂わせていた。そのときは、近所のおかみさんが二人、Kと男の間に割り込んできた。

「ちょっと、あんた、こんな子ども相手になにくだ巻いてんのさ」

「そうだよ。父親が何をしたって、子どもに罪はないんだからね」

「昼間から酒かっくらっているくせに、愛国心だって？　どの口が言うのさ。笑わすんじゃないよ」

「あっちに行きな。でなきゃ、箒(ほうき)で掃き出してやるから」

おかみさんたちの剣幕に男はすごすごと退散していった。

ありがとうとKは礼を伝えた。「いいんだよ。あんたのがんばってるのを見てたら、応援したくなっちゃうからね」とよく肥えた赤ら顔のおかみさんが笑い、「がんばりなよ」と背の高い痩せたおかみさんが、肩に手を置いた。

ほっとしたのは事実だ。酔った男が怖くて萎縮してしまったのも、おかみさんたちに助けられたのも、おかみさんたちが親切なのも事実だ。でも、違和感が残る。

おかみさんたちは、父を無実だとは言わなかった。

――父親が何をしたって、子どもに罪はないんだからね。

そう言った。

父が何をした？　どんな罪を犯したというのだ。どんな非があったというのだ。どうして誰もが、父が過ちを犯したと信じているのだ。

違和感は、泣きたいほど苦かった。

そのころ、ベル・エイドの各地で、次々と学校が閉鎖されていた。ほとんどが私学、あるいは地域の住民たちが自主的に建てた教育施設で、ベル・エイドもハラの子も共に学んでいる所ばかりだった。百年以上の歴史のあるものも多かったが、全て閉校になり、教師の中には、追われた者も捕らえられた者もかなりの数いた。

Kの通う学校は静かだった。卒業を控え、進路に関する資料が配られ、説明会が行われたが、大きな混乱は起こらなかった。資料の中に『特別武官養成学校』のパンフレットも入っていた。説明会でも詳細な紹介がなされたが、父母の間からはどんな意見も質問もあがらなかった。国から与えられた『最良模範学校』の看板が校舎の真正面に掲げられ、それに向かい教師も生徒も毎朝、整列、一礼を義務付けられた。

そして、父のことでKを責めたり苛(いじ)めたりする者はいなかった。以前と、ほとんど変わらない。生徒の中には、他にも二、三人だが親を軍部に逮捕された者がいた。その生徒たちにも、周りは変わらず接しているようだった。

「この学校で学ぶ限り、みんな仲間です。助け合い、協力し合って学校を、社会を、この国をさらに立派にしていきましょう。そのために、しっかり指導していきます」

校長や担任の指導の成果なのか、生徒たちは一様におとなしく、素直に大人に従った。責めも苛めもしない。詳しく話を聞きたがりも自分の意見を告げることもなかった。

父が連行されて一月も経ったころ、美しい担任が、Kの手を取って諭すように言った。

「心配しないで。お父さまはきっと帰っていらっしゃるわ。りっぱな大人として、国民として、生まれ変わって帰っていらっしゃる。だから、それまで辛抱してね。もう少しがんばるのよ。先生はいつでも、きみの味方だからね」

声音(こわね)も表情も優しい。指は白く滑らかで、触れている部分が火照(ほて)るようだ。担任からは香水の甘い香りがした。葡萄とも瓜とも違う芳香だ。うっとりしてしまう。

「はい」

辛(かろ)うじて答えた。ずっと手を握っていて欲しいようにも、すぐにでも放して欲しいようにも思う。

担任は嘘はつかなかった。

父が帰って来たのだ。

連行されてから、きっかり三カ月が経っていた。

「わたしは間違っていた。みんな、許してくれ」

叔母が整えてくれた祝いの席で、父はさらに痩せた身体を倒し、頭を下げた。

「何のこと？　義兄さん」

肉を取り分けていた叔母が手を止める。

「何が間違っていたの」

「全てさ」

「全てって？」

「これまで、わたしが言っていたことも行っていたことも、全て間違っていた。そこに気が付かないでここまで来てしまったことを、本当に恥ずかしく思う。これからは心を入れ替えて、この国、ベル・エイドのために働くつもりだ」

「間違いは誰にでもあります」

なぜか祝いの席に招待されていた担任が、ゆっくりと首肯した。

「間違いに気づいた後の行動が、問われるのではありませんか」

「まさに、そうです」

父は両手を広げ、笑みを浮かべた。舞台俳優のような大仰な仕草だった。

「わたしは間違いを犯し、それを心から悔いている。そのことを行動で示さなければと決意をしています」

「ええ」

「幸いにも大学は、また、わたしを受け入れてくれるようだ。ならば、若い人たちに本物の教育をしっかり授けたい。この国を担う若者たちのために、尽力します」

Kは父を見上げていた。戸惑いが胸の内で渦巻く。

この人は誰だ？

疑問がひょっくりと頭をもたげる。

むろん父だ。耳の下の黒子も、手の甲の丸い痣も父のものだった。別人ではない。

「まずは、我が町から『特別武官養成学校』への入学希望者を一人でも多く出したい。いや、入学希望者でなく、試験に合格し、ちゃんと入学できる人材を育成しないと駄目だな。そのために、私塾を開いて」

「義兄さん」

叔母が躊躇いがちに口を挟んだ。

「座って。ほら、今日はお祝いなんだから楽しい話をしましょ。これからのことは、後でゆっくり話して。じゃ、ワイン、開けるわよ。先生もお好きですよね、ワイン」

「ええ、大好きです。でもこれは……」

「あら、違いますよ。ハラのワインじゃありません。正真正銘、ベル・エイド産です。ハラのワインなんて、もうどこにも売ってませんもの。あ、もちろん、売ってても買わないけど」

「パウラです」

担任がやんわりと訂正する。

「ハラじゃなくてパウラです。やつらは毒蛇並みに危険でおぞましい生き物ですからね」

「はあ……あ、そうですね、パウラ……そう呼ぶべきでした」

叔母が肩を竦める。

紅いワインがグラスに注がれる。

羊肉のソテー、蒸した野菜、魚の唐揚げ、果物、ジュース、蜂蜜のたっぷりかかったパンケーキ、そしてトト。叔母が腕を振るった料理が並んでいる。久々のご馳走だ。しかし、食欲は失せていた。

どうなるんだろう。

不安に息が苦しくなる。

父はもう守ってくれない。むしろ、駆り立てる。

父に駆り立てられ、追い詰められたら、どこにも逃げ場はない。

「どうしたの。羊のソテー、好物でしょ。野菜も一緒にどうぞ。レモン汁をかければ、さらに美味しくなるのよ。あ、先生も召し上がってくださいな」

叔母の声は変わらず陽気だ。

怖い。怖い。怖い。怖い。

父親の無表情も、叔母の変わらぬ陽気さも、担任の笑みも、どれもが怖い。

Kは膝の上でこぶしを握り締め、恐怖と必死で闘った。

もしかしたらと考えた。もしかしたら、父さんは周りの目を誤魔化すために、変わった振りをしているだけじゃないか。夜、ぼくがベッドに入ったら、傍らに座って、そっとささやいてくれるんじゃないか。「父さんは変わっていないよ。おまえを守り通す気持ちは少しも萎えていない。だから、安心しなさい」と。

父はベッドの傍らに座ってはくれなかった。ささやいてはくれなかった。息子にほとんど興味を示さなくなった。

大学に戻り、講義を始めた。と同時に、『健全な心と身体を育てる会』を発足させ、少年、少女たちの教育にも取り組んだ。

「国のためにどれくらい役立つかで、人の価値は決まる」

と、父は語った。個の価値も意味も、まったく口にしなくなった。

別人だ。

拘禁されていた三ヵ月の間に何があったのか。父は一切触れようとしなかった。父と前後して逮捕された同僚の何人かは、ついに帰ってこなかったり、遺体となって送り届けられたりしたが、そのことについても口をつぐんだままだった。

「国のために」が口癖となり、国のために生きて死ぬことを強要する。そんな父の姿をKは呆然（ぼうぜん）と見詰めるしかなかった。ただ、心の内では叫んでいた。

あんまりだ、と。

こんなのあんまりだよ、父さん。

心の内だけの叫びは父には届かない。届いたとしても、一蹴されるだけだろう。

父が『特別武官養成学校』の受験要項をテーブルの上に置き、受験するように、ほとんど命令に近い口調で告げたのはKの十二歳の誕生日を三日後に控えた夜だった。驚きはしなかった。凍えるような暗い感情――それを絶望と呼ぶことを後に知った――を覚えただけだった。こうなると、予想はしていた。

「父さん、ぼくに軍人になれって言うの」

「そうだ。今の状況では、それが一番、国のためになる」

「ぼくは国のために生まれてきたの。国のために生きなくちゃいけないの」

ぼくがぼくのための生を選ぶことは許されないのですか、お父さん。

「そうだ。国に捧げてこそ、命は意味がある」

そう言い切って、父は要項の紙をひらりと振った。

「おまえなら、必ず受かるし、指導者となる上級士官コースにも進めるだろう。生活の保障もされる。国のためにもなる。おまえが受験すれば、この町からも後に続く者がぞくぞく出てくるだろう。おまえとよく遊んでいた少年たちも、何人か受験するそうだ。すばらしい選択だ。これしか道はない」

要項を握りしめた父の視線が空を彷徨う。Kには見えない文字を辿っているようだった。

故郷の町を出て以来、父とは一度も逢っていない。叔母は月に一度は手紙で、休暇には帰ってくるように促したけれど、Kはとうとう帰らずじまいだった。

父とも叔母とも双子の従妹たちとも、もう二度と逢うことはないだろう。

川の流れに手を浸す。

特別武官養成学校には国のあちこちから少年たちが集まっていた。筆記と運動の試験を合格した者たちだから、それなりの知能と身体能力の持ち主だった。

粗暴な者も陰気なやつも自信家も小心者もいた。思索的で誠実な少年もいた。かつての父が貴んでいた個だ。色も形も匂いも心もまちまちな個が溢れていて、入学式の日、

Kの胸はほんの少しだが躍った。

それが瞬く間に、塗り潰されていく。一色に一様に。みな同じ服装で、同じ態度で、同じ思考をする。少なくとも表面上はそんな風に見えた。

怪物のような場所だった。人の個性をばりばりと貪ってしまう。いや、怪物は場所ではなく人間なのかもしれない。そういう場所を作った人間だ。父という人間にも怪物が巣くってしまった。

けれどあの場所で、Lという少年に出会った。Sにも出会った。それは事実だ。Lはおもしろみのない〝卵と蜂蜜の抜けたトトみたいなやつ〟と呼ばれていた。けれどKはLをおもしろいと感じていた。独特の色がある。Sもそうだった。二人ともちゃんと人間を感じさせてくれた。けれどSは去り、Lはさらに〝おもしろみのない変人〟のレッテルを貼られて孤立していた。おそらく、孤立することでぎりぎり自分を保っている。Kなりにそう理解したから、あえて近よりはしなかった。ただ卒業の前夜、Lにだけは全てを話した。校舎の端に一人立っていたのを見つけKから声をかけたのだ。誰かに、いや、Lに聞いてほしかった。戦場に送られれば、二度と会うことは叶（かな）わないだろう。Lの記憶の中に、自分の過去も今も留めてもらいたい。今思えば、なぜあんな欲求に揺さぶられたのか、不思議だ。

どうでも、いいか。

川の流れで口を漱ぎ、顔を洗う。

もう、どうでもいい。

人を殺した。何人も何人も何人も何人も。数えきれない。

殺さなければ殺される。それが戦場だ。

その一句は、免罪符になるだろうか？　神ではなく自分が自分を許せるか？　許せなければどうなる？　地獄に堕ちるのか。

くっくっくっ。

喉を震わせて、笑いが零れる。

地獄に堕ちるだと？　おかしい。現実そのものが地獄なのに、今更堕ちるも上るもあるものか。

おかしい。おかしい。狂いそうなほどおかしい。

Kは流れに両手を突っ込んだまま、笑い続けた。

「K」

不意に呼ばれた。心臓が縮む。背後の気配にまったく気が付かなかったのだ。

強張った顔つきのまま、Kはゆっくりと振り向いた。

「……S」

特別武官養成学校の同級生だったSだ。やはり同級だったTに手ひどく痛めつけられ、退学を余儀なくされた。Sの家は貧しく、学費は免除され、生活費まで支給してもらえるシステムはとてつもなくありがたいのだと、語っていた。家計の逼迫から進路を断たれそうになった少年たちが、全国各地からあの学校を命綱のように縋って、やってきていたのだ。

「やっぱりKだった」

Sが柔らかく笑った。戦場ではめったに見られない笑みだ。鼻の形が歪んでいるのは、Tの一撃の痕跡に違いない。

「S、どうしてここに……」

Sは養成学校の時代でさえ、戦いを厭うていた。パウラをハラと呼び、友達だと言い切った。その一言がTを激怒させ、結果的にSは学校を去ることになった。

暴力を振るったTがほとんど咎められもせず、被害者であるSが退学する。明らかな矛盾だと感じたが黙っていた。異議申し立てをしても教官が耳を傾けるはずがないとわかっている。何よりも、退学はSにとって不幸ではない、むしろ幸運だったと考えたからだ。

Sは武官にも兵士にも向いていない。

戦いを忌み、敵を友達だと公言する男に殺し合いなどできないだろう。Sはどこかの田舎町で自分に合った生き方をすべきだ。そう思っていたのに、そのSが今、目の前にいる。一兵卒の軍服姿だった。Kは立ち上がり、軽く手を振った。指先から水滴が滴る。

「志願したのか……」

志願したのだ。ベル・エイドには徴兵制はなかったが、年に二度、大々的に志願兵を募った。表向きは任意だったが、よほどの理由がない限り、志願しない者は白い目で見られ、誹られ、ときには地域社会から家族ごと弾き出される。Sは志願兵になり、奇襲作戦に関わった部隊の一つに配属された。

それだけのことだ。種明かしにもならない。

「仕方なかったんだ」

Sがため息を吐いた。唇を噛み、俯く。何がどう仕方なかったのかSは語ろうとしなかった。聞かなくても想像はつく。限りなく真実に近い想像だ。

Kはもう一度、河原に腰を下ろした。Sも横にしゃがみ込む。

さらさらと川が流れている。

「Tが死んだ」

ぼそりとSが呟いた。

「え?」

「Tが死んだんだ」

「……そうか。いつだ」

「よくわからない。二、三カ月まえらしいが……、処刑された」

「処刑？」

語尾が震えた。死には慣れている。毎日毎日、敵も味方も死んでいる。死は日常だ。誰がどんな死に方をしても驚かない。しかし、あのTが処刑とは、意外だ。

「詳しくは知らないけど、戦闘前夜に逃亡を企てたらしい。それで、公開処刑されたとか……。噂だから、どこまで本当かわからないけど」

「Tが死んだのは事実なんだろうな」

「うん。Dも……」

「Iも死んだ。先月だ。敵の迫撃砲をもろに受けちまった。木端微塵（こっぱみじん）さ。一欠片（かけら）の肉も残らなかった。けど不思議なことに軍靴だけは無傷で残ってたんだ。しかも、片方だけ」

Sが目を細める。

「Iは学年一、足がでかかった」

「そうだったっけ？」

「うん。よく自慢してたよ。おれの足は象並みだって」

「あいつ、そんな馬鹿な自慢してたのか」

「してた。愉快なやつだった」

Sがゆっくりと顔を向けてくる。歪（いびつ）な鼻がひくっと動いた。

「Lはどうしているだろう」

「Lか……」

Lの名前を久々に耳にした。

こいつは、何に支えられているんだろう。

時折、考えた。

Lは自分を支える支柱を持っていた。それを感じはしたが、その支柱が何なのかまでは見当がつかない。卒業の前、ほとばしるように自分の来し方を語ったのは、Lの支柱に寄りかかりたかったからだろうか。

「わからないな。消息知れずさ。まあ、生きている可能性は低いと思うけど」

Sが膝を抱えた。

「K」

「何だ？」

「歌いたい」

「歌？」

「うん。歌が好きなんだ。子どものころ、ハラの友達と合唱団を作った。いろんな歌を毎日歌っていたよ。祭の舞台に呼ばれて、歌ったこともある」

「そうか……そうだったな」

Sは歌が好きだった。やっと思い出した。

「昔みたいに、思う存分歌いたいのに……声が出ないんだ。まるで、出ない。無理に出そうとすると喉の奥がぶるぶる震えてどうしようもなくなる。どうしてだろうな」

答えられない。Kは黙るしかなかった。

「平和になったら、戦争が終わったら、また歌えるようになるかな」

「だと、いいな。おれももう一度、Sの歌を聞いてみたい」

「ほんとに？」

「ここまできて嘘なんかつかない。コンサートとかできたらいいよな。そしたら、生き残った仲間がみんな押しかける」

「それで、野次をとばすんだろう」

「おいおい、そんなに捻くれるなよ。声援を送るに決まってんだろう。『我らがS、がんばれ』なんて横断幕を持って、大応援さ」

「ははは、そりゃあかえって恥ずかしいな。やめてくれよ」

Sの笑い声が消えた後、周りはしんと静まり返った。早瀬の音だけが響いている。

「静かだな」

Sが言った。

「ああ……だな」

静かだ。静かすぎる。なぜ、こんなにも静かなんだ。

Kは唾(つば)を呑み込んだ。

鳥が鳴いていない。あんなに鳴き交わしていた鳥が……。

向こう岸の藪(やぶ)の中で銀色の小動物が動いた。

小動物？　違う、人の頭だ。

Kは飛び起きた。

「敵だ、逃げろ！」

叫ぶと同時に走る。足元で銃弾が跳ねた。

「敵襲だ。敵襲だ」

叫び続ける。

Kは走り、走り、走った。何も考えられない。走り続け、味方の陣地に飛び込んだ。

Sが転がるようにして後に続いたのを、視界の隅で捉えた。

戦闘が始まった。兵士たちが次々と陣地内に逃げてくる。血塗(ちまみ)れの者も大勢いた。BもYもいた。Yは左腕を負傷していたが手当てなど、できるわけがなかった

村は敵に包囲され、容赦なく銃弾や砲弾が撃ち込まれた。数時間前Kたちがやったことをそのまま再現しているかのようだ。今度は、逃げ惑うのは自分たちの方だった。

「ちくしょう、パウラのやつら、山に隠れてやがったのか」

Bが奥歯を噛み締める音が聞こえた。

「応戦しろ。通信兵、援軍はどうした」

「駄目です。あちこちで戦闘が起こって、援軍まで手が回らないそうです」

「何だって、おれたちを見殺しにするつもりか」

Yが腰を浮かせる。怒りと恐怖と痛みで顔面は蒼白（そうはく）だった。

「馬鹿、立つな。伏せろ」

Kはとっさに手を差し出した。その手に血飛沫が飛ぶ。Yの身体が後ろによろめき、そのまま背中から転がった。こめかみから血が噴き出す。十秒ほどはげしく痙攣（けいれん）し、Yは動かなくなった。

「死んじまった」

Bが呟いた。それだけだった。誰もYに目もくれない。死体など石ころに等しい。ごろごろ転がっている。

Sはどうしただろう。

この陣地まで無事に逃げ込んだのはわかっている。その後、どうなったか。

「ぎゃっ」

Bがのけぞった。肩がみるみる血に染まっていく。

「いっ、痛い。助けて……助けて……」

血だらけの手をKに向けて、必死で伸ばしてくる。

「助けて……痛い、痛い……」

お願い、助けて。この子を殺さないで。

Bとあの母親の声が重なる。

「痛いよ。苦しい……助けて……」

お願い、助けて。助けて、助けて。この子だけは。

「……助けて、ママ……」

Bが白目をむいた。口を半開きにし、息を吸い込み、前に倒れる。

「これ以上、無理だ。撤退しろ、撤退だ」

Bの背中を軍靴が踏みしだく。兵士たちが我先にと逃げる。Kも積み上げた土嚢の陰から飛び出した。一瞬、足が滑った。大量の血に掬われたのだ。踏んばり、前に走る。

爆発音がした。土嚢が吹っ飛ぶ。反射的に振り返ったとき、Bの身体が高く吹き飛ばされるのが見えた。

もう一度、傍らで爆発が起きる。

60ミリ迫撃砲だ。

衝撃がKを持ち上げ、地面に叩きつける。そのまま、斜面を転がったまでは記憶にある。あとは、全て白い闇の中に埋もれてしまった。

気が付くと森を彷徨っていた。そこで、湧き水を飲んで、また、記憶を失った。身体を持ち上げられた感覚を微かに覚えている。

捕虜か。

捕まれば、十中八九、殺される。絞首刑か、銃殺か、斬首か。

もうどうでもいい。生にしがみつくには疲れすぎた。

父さん、おれが死んだら、たった一人だね。どうするの？　おれが死んでも、まだ、「国のために」と言い続けるの。父さん――。

目が覚めたとき、Kは味方の陣地の中にいた。簡易ベッドの上に横たわっていたのだ。右腕に焼けつくような痛みがあった。

「おまえを含めて五人だけだよ」

軍医はぶっきらぼうな口調で告げた。

「あの戦闘で生き残ったのは五人だけ。後は、全滅さ」

「五人……」

「しかも、二人は大怪我だ。明日には冷たくなってるかもしれん。おまえみたいに、たいした傷もなく無事帰還した者はいないな。よほど、強運の持ち主らしい」

軍医は濁声（だみごえ）で笑った。

無事帰還？

それは強運なのか。

「さっ、目が覚めたのなら出て行ってくれ。腕の傷はたいしたことはない。一週間もすりゃあ、元通りになる。それでなくてもベッドが足りないんだ。さっさと退場しろ。昨日、今日とあちこちで小競り合いが続いてる。負傷兵が次から次へ運び込まれるんだ。まったく、コーヒー一杯、すする暇もありゃしない。死人の方がよほど手がかからん。ほっといても泣きもしないし、文句も言わんからな」

小競り合い……。村が一つ、部隊が一つ全滅した。それでも小競り合いか。

「先生、早く、早く来てください。出血が止まりません」

衛生兵の悲鳴に近い声がこだました。それに呼応するように、唸り声や泣き声が高くなる。ベッドどころか床や廊下にまで負傷兵は溢れ、血と汗と糞尿と膿の臭いが充満していた。

「止まらなきゃどうしようもない。遺言があるなら聞いといてやれ。まったく、もうちょっとマシな衛生兵はいないのか」

軍医の怒鳴り声を背に、Kは外に出た。

砂埃が舞っているが、建物の中よりはマシだ。

もともとこの地域唯一の診療所だった建物は、こぢんまりとして、入院設備もない。そこに、何十人という負傷者が詰め込まれて、呻いている。軍医は一人しかいず、衛生兵はほとんど医療経験はない。薬も、医療器具も不足して、手術などいかにしても不可能だ。助かるはずの負傷者が放り出されたまま、息絶えていく。

「国のために命を捧げる尊さ」など欠片もない。

これが現実だ。どんな美辞麗句で飾っても、ただ醜悪なだけの現実だ。この戦争を始めた者、推し進めた者は、この光景を知っているのだろうか、この身体の芯まで染みつきそうな臭いを知っていて、それでもなお戦えと命じたのだろうか。

Kは建物の裏手に回った。

ざっと二十余りの死体が草色のシートを被せられて、横たわっていた。この何倍もの死体が戦場に転がっているのだ。回収さえしてもらえず、たった独りで土に還らねばならない。

シートをめくっていく。

上半身が血塗れの者、腕が二本ともない者、額の真ん中を撃ち抜かれている者、そして、不思議と傷一つないきれいな者。様々な死者がいた。

手が止まる。

「S」

Sは顔の右半分を失っていた。残った左側にも深い裂傷がある。至近距離から撃たれたのだろう。

瞼(まぶた)は開いたままだ。閉じてくれる者が誰もいなかったのだ。

惨(むご)い姿でありながら、Sは微笑んでいるようだった。

これで、おれの戦争は終わったよ、K。やれやれだ。

そうとでも呟いているのかもしれない。

立ち上がる。

その拍子に感情が流れ出る。

何も感じず、何も考えられない。

全てが閉ざされた。

「K」

躊躇いがちに声をかけられた。

一瞬、心臓が大きく鼓動を打った。Lがいたからだ。

しかし、その高まりはほんの一瞬だった。

「Lか」

「K、まさか会えるなんて……」

Lが顎を震わせた。Kはその表情から目を逸(そ)らす。

見たくない。再会に心を動かされる男の顔など、動かされる心が残っている男の眼など見たくない。

「元学友なら、ここにもいるぞ」

軍靴の先でシートを持ち上げる。Lの眼差しが凍りついた。

「S……」

「一般からの志願兵だとよ。志願しなきゃどうにもならない状況に追い込まれたんだろうな」

Lの顎がさらに震える。双眸が潤む。

こいつ、まだ泣くことを忘れてないのか。

おれは忘れた。

Sは歌えないと言ったが、おれはこの先、二度と泣けないだろう。

「Sは死んだ、Tも死んだ。戦闘で、じゃない。戦いに怯え脱走しようとして処刑された……そうだ。噂を耳に挟んだだけだが」

「そうか……」

「みんな死んだ。IもYもBもDも、みんな。誰もいなくなった」

「……停戦協定が結ばれるかもしれないと……そのための会議が開かれるって、そんな動きがあるって……聞いたが……」

停戦協定？　この戦争を止めるっていうのか。

笑ってしまう。笑えてしまう。

「お偉方がテーブルを挟んで会議をしている間に、あと何人、死ぬんだ。千人か？　万人か？　はは、もう駄目さ、L。もう取り返しがつかない。誰もいなくなった。たとえ停戦になっても、ベル・エイドは滅びる。国を支える者が誰もいないんだからな、ははは。まったく、お笑い種だぜ。よくもここまでやってくれたもんだ」

笑いが止まらない。苦しいほど止まらない。

「今更、停戦？　冗談じゃない。おれは一人でも戦うさ。そうしろと教えられてきたんだからな。それに従う。迷わず素直に理想的に」

「K」

Lの潤んだ眸が鬱陶しい。まだ、泣くことを忘れていない者に憎しみすら覚える。壊してやる。こんな世界、根元から破壊してやる。

「殺してやる。パウラは皆殺しだ。殺したやつの数だけ勲章をもらおう。きっと重すぎて身動きできなくなるぞ。ははははは」

勲章をぶら下げて、重さのあまりその場にへたりこむ。そんな自分の姿を想像する。愚かすぎて、おかしい。

腕を掴まれた。

「K」

LがKの眸を覗き込む。

「おれたちは、まだ、生きている」

「え……」

「おれたちは生きているんだ。おれたちが、まだ残ってる」

腕を離し、Lは「エルシア」と言った。

「それがおれの本名だ。きみの本当の名前は何という」

「本当の名前……、おれの……」

目眩がした。

思い出せない。母が付けてくれた、名前。それを思い出せない。

Kは両手で顔を覆った。

「思い出せない。思い出せない。思い出せ……」

「K」
L、いや、エルシアがKを抱き締めた。
温もりが伝わる。

生きている、確かに。

エルシアの腕の中で、Kは束の間、目を閉じた。

ベル・エイドとハラの間に、停戦協定が成立したのはそれから一月後のことだった。

エルシアはもういなかった。

停戦の数日前、戦闘に駆り出され、そのまま帰ってこなかった。Kは腕の傷が化膿(かのう)して、高熱を出し寝込んでいた。

「これ、飲めるか」

戦闘の前日、エルシアは葡萄のしぼり汁を小瓶に入れて、届けてくれた。美味かった。

蘇生する思いがした。

「これは……」

「近くに葡萄畑があった。といっても、放棄地みたいで荒れ放題だったな。実もなってはいたけど、ほとんど枯れていた。考えてみれば、もうすぐムゥトゥの季節だ。葡萄も終わりだものな。でも、奇跡的によく熟れた一房があって、それを搾ってみたんだ」

葡萄、もう二度と口にできないと思っていた……。

「ハラとの国境のあたりは、上質の葡萄が採れるんだよな」

エルシアが小瓶を掲げる。息を呑むほど美しい濃紫の飲料が揺れた。

「……そうだ。瓜も採れる……」

「瓜も？　そうなのか。じゃあ、今度、探してみよう」

「もう一口……」

「うん。しっかり、飲めよ」

ゆっくりと甘い果汁が体内に流れ込む。

美味い。

「エルシア」

「うん」

「生きて帰って……こいよ」

「もちろん」

エルシアは屈託のない笑顔になる。

「この戦い、おれは絶対に生き抜く。生き抜いて再会したい相手がいるんだ。どうしても逢いたいやつが」

「そうか……」

それが誰か問う気持ちはなかった。ただ、そういう相手がいるエルシアが、羨ましかった。

眠気に包まれる。

「じゃあ、また来るから」

足音が遠ざかる。口の中に葡萄の香りが広がっていく。

それっきり、エルシアは戻ってこなかった。

Kは歩いている。

不自由な右手をポケットに突っ込み、足早に歩いている。

身体が重い。

小型爆弾を腹に括り付けているからだ。

今日、停戦協定が結ばれてから初の二国間首脳会議が国境近くの町のホテルで行われる。あと、三十分後だ。

町はハラの地だが、奇跡的に破壊を免がれていた石畳が続き、中央広場には乙女たちの彫像が立っていた。家々の壁には様々な模様、絵が描かれている。壁のあちこちが白く塗り潰されているのはそこに、「ベル・エイドを皆殺しにする」、「悪魔と戦い殺し尽くす」等々の文句が白いペンキで書きなぐられていたからだ。上から塗り潰し、なかったことにする。戦が終わっても、やり方は変わらない。

首脳会議の会場まで行き着くことは不可能だろう。おそらく、門にも近づけないまま、射殺される。しかし、一歩でも、半歩でも近づいて自爆してやる。

そう決めていた。

何もかも壊しておいて、これだけ多くの人間を殺しておいて、殺させておいて、停戦だと？　平和だと？

そんなこと、させるものか。

戦えと命令するだけで、のうのうと暮らしていたやつらに、おれたちをチェスの駒のように動かして笑っていたやつらに、戦争を始め、推し進めたやつらに、おれたちと同じ地獄を見せてやる。

Kは歩く。

父さん、あなたに見せてやる。あなたの変節が何を生み出したか、教えてやる。

風が吹きつける。

コートの襟を立て、歩き続ける。

路地から子どもが飛び出してきた。ぶつかりそうになる。

女の子だった。銀色の髪をしている。ハラの少女だ。避難していた人たちが国境の町に徐々に戻りつつあった。

女の子は慌てて足を止め、その拍子に尻餅(しりもち)をついてしまった。

「あ、大丈夫かい」

「……平気。飛び出したりしてごめんなさい」

「こちらこそ。ぼんやりしていて、ごめんね。でも、あんまり急ぐと危ないよ」

「うん。でも、あたし、嬉しくて」

「いいことがあったんだ」

「絵を描いてもらったの」

女の子が両手を広げる。

百合の絵が描いてある。花弁を広げたばかりの瑞々しい白百合。

笛だった。

「これは……」

「絵描きさんがいるの。何にでも絵を描いてくれるの。戦争でなにもかもなくなっちゃったけど、絵はどこにでも描けるからって。こんどね、お家の壁にも描いてもらうの。お花をいっぱい。戦争、終わったから、もうお家、壊れないでしょう」

女の子は笛を口に持っていった。

ピィピィピィ。

可憐な音がする。音に合わせて、百合の花が揺れる。

ピィピィピィ。

笛を奏でながら、女の子が走り去っていく。

Kはその場に立ち尽くす。

壁に花が咲く。

扉に海が煌めく。

この荒廃した国に、また絵や歌がよみがえる。

Sが歌い、エルシアが笑う。ハラの絵描きが見事な世界を町中に表現する。
そんな日が、ほんとうに来るのか。
身体が重い。
膝をつき、しゃがみこむ。
「エルシア、どうしたらいい。おれはどうしたらいい……」
まだ、涙は出ない。泣き方を忘れたままだ。
どうしたらいい、どうしたらいい、教えてくれよ、エルシア。
Kは乾いた眸のまま、呟き続けた。
中天にかかった太陽から、淡い光が降りてくる。

解説
薄氷の上で手を繋ごう
――「戦争」の正体を見つめる物語

額賀　澪

中学生の私は、この物語を読み終えた瞬間に何を思うだろう。

二〇二〇年の年末、あさのあつこさんの『ぼくがきみを殺すまで』を読了し、そんなことを考えた。何故中学生の自分のことを思ったかというと、作中に登場する少年達と同年代で、人生で最も本を読んでいた時期で、あさのさんの『バッテリー』シリーズの最終巻を見届けた頃の自分だったからだ。「三十歳になったあなたは作家になっていて、あさのあつこさんの作品の解説を書いているよ」と教えたら、「嘘も大概にしろ」とこちらを睨（にら）みつけるだろう。大人の言うことなんて何も信じてやらない、という年頃だった。

この本について、中学生の自分と語らいたい衝動に駆られた。中学生の私がこの本を通して感じたことを、三十歳の私は受け止めねばならないし、私は大人として彼女に何か伝えなければならない。

恐らく中学生の私は、この本の感想をすぐに言葉にはできないだろう。本を一冊読み終えた幸福感の後には必ず、胸に渦巻く感情の嵐を言葉にできない、そんなもどかしさが襲ってくる。漠然と誰かと話がしたいと思うのに、たいていそばに話し相手はいない。本を読んだことで生まれた感情を言葉にするのは、とてつもなく重労働で、大人になった現在でさえ、ときどきもどかしい。

そんな彼女と対話しながら、この解説を書いていこうと思う。混沌とした胸の内を整理するには、言葉が必要だ。

*

先ほども書いたが、私がこの本を読んだのは、二〇二〇年の年末のことである。日常とは脆(もろ)く崩れやすいものだと実感した一年だった。もしかしたらこの解説を読んでいるあなたはもっと未来の人で、その世界では二〇二〇年の新型コロナウイルスの世界的大流行は過去のものとなっているかもしれない。「こんな大変な時代があったのか」と、過去の映像や資料、下手したら教科書を読んで驚いている世代かもしれない。

一年ほど前までは当たり前だった日常は、未知のウイルスを前に萎(しぼ)んで色褪(いろあ)せてしまった。友人と美味しいお店を探して食事に行ったり、好きなアーティストのライブに行ったり、絶景を求めて海外旅行に行ったり——当たり前に楽しんでいたものは奪われ、「コロナが明けたら会おうね」なんて言葉で互いを慰め、遠方に暮らす友人とは「必ずまた生きて会おう」などと、まるで戦時下のような言葉で再会を約束した。日常は決して〈当たり前〉ではないのだと痛感させられた。

そんなときにこの本を読んだからなのだろう。戦時下を生きた人々も、こんな風にいつの間にか当たり前を失い、「いつか日常が帰ってくるはずだ」と願いながら、明日が見えないままその日その日を生きていたに違いないと実感した。

ほどほどに平和で、ほどほどに退屈で、ほどほどに楽しい日常は、薄い氷の張った湖面のようなものだ。どこかに小さなヒビが入るとたちまち広がり、巨大な氷は砕けてばらばらになる。そうなってから繋ぎとめようと手を伸ばしても、どこにも届かない。コロナ禍で日常のもろさを噛み締めながら、本作を読んでつくづくそう思った。そんな今だからこそ、私達は自分の生活と、「戦争」に巻き込まれてしまった彼らの人生を重ね合わせることができる。

『ぼくがきみを殺すまで』は、ベル・エイドとハラという、二つの架空の国の間に勃発した戦争と、それに翻弄される少年達を描いた物語である。

ベル・エイドの兵士・Lは、敵国ハラに捕らえられ、牢で処刑を待つ身だ。彼は見張り役のソームという哨兵に自分の生い立ちを話して聞かせる。兵士のＬではなく、エルシアという一人のベル・エイドの青年として、戦争が始まる前の穏やかな日常に思いを馳せる。

彼の生まれ故郷には、ベル・エイドとハラの子供達が共に通う学校があった。エルシアはそこで、ファルドというハラの少年と出会い、友人となり、かけがえのない日々を過ごす。ハラの人々は芸術に秀でていて、ファルドの描く絵にエルシアは魅せられる。二人は互いが共にある日常を愛していた。

しかし、そんな日々を戦争はいとも簡単に奪っていく。日常の中にふと生まれた違和感はあっという間に増殖し、エルシアとファルドを引き裂く。学校は閉鎖され、ベル・エイドはハラをパウラ（毒蛇）と呼ぶようになる。「殺すべき相手」と言うようになる。そうやって「戦争」が始まった。

抵抗したベル・エイドの人々は罪人として捕らえられ、処刑される。エルシアの家族の一人もそうだった。エルシアは武官養成学校へ進み、兵士になる。それでもエルシアは、ファルドが描いた絵と、彼と交わした「生きて、また会おう」という約束を胸に抱き続けている。

この物語に日本は出てこない。私達がよく知る実在の国はひとつとして登場しない。しかし、この寓話的な物語を読んで、三十歳の私が背筋にひやりと冷たいものを感じたように、中学生の私も恐怖することだろう。

　彼女が教科書で学んだ「戦争」は、明言されないにしてもうっすらと正義と悪があって、何が原因で始まったのかがそれらしく書いてあって、「これを暗記すればこの戦争が理解できる」と太字で強調された人物名や年号がたくさん並んでいた。

　自分の暮らす社会とは似ても似つかない物語の中に、彼女は数多の共通項を見たはずだ。作中には中学生の彼女がいたし、三十歳の私もいたし、彼女の家族や友人、大好きな人も大嫌いな人もみんないた。自分の過ごす教室、部室、家の中に、物語と同じ光景があった。

　当たり前の光景は、いつの間にか得体の知れない〈何か〉に侵食され、少しずつ姿を変える。リバーシのように一気に白から黒、黒から白にひっくり返るのではなく、少しずつ少しずつ色を変える。「あれ？」と首を傾げた頃には、後戻りできないところにいる。戦争がそうやって始まっていくなんて、彼女の鞄（かばん）に入った付箋だらけの教科書には書いてない。

「自分の頭で考えてみるんだ。それを言葉にする。大切なことだ。考えて、しゃべり、また、考える。とても、大切なことだ」

　こう言ったのは、エルシアの学校で教鞭を執るトモセ先生だ。中学生の私は、先生のこの言葉に感銘を受けるだろう。この一文に、鉛筆で線を引くに違いない。

「大切なのは、重要なのは、認めることだ。自分とは違う幸せが他人にはあるということをな。認め、尊重する。この世に絶対的な幸せなんてない。みんな、それぞれさ」

こう言ったのは、エルシアが武官養成学校で出会うKという少年の父親だ。彼女はこの言葉を何度も読み返し、「今まで自分が言葉にできずにいた曖昧な想いが、はっきりと言葉になった」と感激して、やはり鉛筆で線を引くだろう。

戦争が始まって、彼らがどう変わったか。目の当たりにした中学生の私は絶望する。エルシアやKが裏切られたように、彼女もまた裏切られる。それこそ、リバーシの盤面だ。さっきまで白一色だったのに、いつの間にか盤の上は黒一色になる。彼らがこの言葉を発するまで積み上げた時間や経験は長く貴いものだったはずなのに、「戦争」を前に瞬く間に人は変わってしまう。

トモセ先生も、Kの父も、最初から黒い駒だったわけではない。トモセ先生の言葉も本当で、Kの父の言葉も本当だった。〈本当〉すら歪(ゆが)められ、ひっくり返ってしまうことがある。そんなことができてしまう恐ろしいものがこの世には存在している。レイシズムもヘイトクライムも戦争も、目に見えぬウイルスと同じように、いつの間にか日常を侵食する。

社会は物事を白か黒か、善か悪か、許されるか許されないかと乱暴に二分してしまいがちだ。しかし人や社会は安易に白と黒に分けられず、その間にはさまざまな種類の灰色があり、社会の動きの中で簡単に変容する。

だから、彼女には——あなたには、諦めないでほしい。「考えて、しゃべり、また、考える」というトモセ先生の言葉も、「この世に絶対的な幸せなんてない」というKの父の言葉も、どうか信じていてほしい。その上で、彼らからそんな素晴らしい言葉を奪ってしまうのが「戦争」なのだと、恐怖してほしい。

その恐怖を知っていれば、世界中で人々が「二度と戦争なんてしちゃ駄目だ」「差別をしちゃ駄目だ」「社会には多様性が必要だ」と声を上げる理由が、あなたにもわかるようになる。

*

この解説を読んでいるあなたはどういう人でしょうか。中学生の私と歳が近いでしょうか。三十歳の私の方が親近感の湧く年代でしょうか。もっともっと年上の方でしょうか。もしかしたら、生まれた国や年代すら違うかもしれないですね。

もし、私達がどこかで出会うことがあって、不運にも私とあなたが啀み合わねばならない立場にあったとしても、この本が間にあれば、私達はきっと話ができるでしょう。

そのときは作中の〈彼ら〉のように、生まれた国の名ではなく、肌や瞳や髪の色でもなく、お互いの名前を教え合って、話をしましょう。
私達はきっと間一髪で手を繋ぐことができて、割れた氷がばらばらにならないよう、踏ん張ることができるはずです。

（ぬかが　みお／作家）

ぼくがきみを殺(ころ)すまで

朝日文庫

2021年3月30日　第1刷発行

著　者　あさのあつこ

発行者　三宮博信
発行所　朝日新聞出版
〒104-8011　東京都中央区築地5-3-2
電話　03-5541-8832(編集)
03-5540-7793(販売)
印刷製本　大日本印刷株式会社

Published in Japan by Asahi Shimbun Publications Inc.
定価はカバーに表示してあります

ISBN978-4-02-264986-7

津村 記久子
八番筋カウンシル
生まれ育った場所を出た者と残った者、それぞれの姿を通じ人生の岐路を見つめなおす。芥川賞作家が描く終わらない物語。《解説・小籔千豊》

津村 記久子
ウエストウイング
会社員と小学生——見知らぬ三人が雑居ビルで物々交換から交流を始める。停滞気味の日々にさしこむ光を温かく描く長編小説。《解説・松浦寿輝》

村田 沙耶香
しろいろの街の、その骨の体温の
《三島由紀夫賞受賞作》
クラスでは目立たない存在の、小学四年と中学二年の結佳を通して、女の子が少女へと変化する時間を丹念に描く、静かな衝撃作。《解説・西加奈子》

村田 喜代子
焼野まで
私はガンから大層なものを貰ったと思う——。体内の小さなガン細胞から宇宙まで、比類ない感性がとらえた病と魂の変容をめぐる傑作長編。

小川 洋子
貴婦人Aの蘇生
謎の貴婦人は、果たしてロマノフ王朝の生き残りなのか？ 失われたものの世界を硬質な文体で描く傑作長編小説。《解説・藤森照信》

小川 洋子
ことり
《芸術選奨文部科学大臣賞受賞作》
人間の言葉は話せないが小鳥のさえずりを理解する兄と、兄の言葉を唯一わかる弟。慎み深い兄弟の一生を描く、著者の会心作。《解説・小野正嗣》

朝日文庫

伊坂 幸太郎
ガソリン生活

望月兄弟の前に現れた女優と強面の芸能記者⁉ 次々に謎が降りかかる、仲良し一家の冒険譚！ 愛すべき長編ミステリー。《解説・津村記久子》

森見 登美彦
聖なる怠け者の冒険
《京都本大賞受賞作》

宵山で賑やかな京都を舞台に、全く動かない主人公・小和田君の果てしなく長い冒険が始まる。著者による文庫版あとがき付き。

乙一／中田永一／山白朝子／越前魔太郎／安達寛高
メアリー・スーを殺して
幻夢コレクション

「もうわすれたの？ きみが私を殺したんじゃないか」 せつなくも美しく妖しい。読む者を夢の異空間へと誘う、異色〝ひとり〟アンソロジー。

窪 美澄
クラウドクラスターを愛する方法

「母親に優しくできない自分に、母親になる資格はあるのだろうか」。家族になることの困難と希望を描くみずみずしい傑作。《解説・タナダユキ》

畠中 恵
明治・妖モダン

巡査の滝と原田は一瞬で成長する少女や妖出現の噂など不思議な事件に奔走する。ドキドキ時々ヒヤリの痛快妖怪ファンタジー。《解説・杉江松恋》

畠中 恵
明治・金色キタン

東京銀座の巡査・原田と滝は、妖しい石や廃寺の噂など謎の解決に奔走する。『明治・妖モダン』続編！ 不思議な連作小説。《解説・池澤春菜》